龍の忍耐、Dr.の奮闘

樹生かなめ

white heart

目次

イラストレーション／奈良《なら》千春《ちはる》

龍《りゅう》の忍耐《にんたい》、Dr.《ドクター》の奮闘《ふんとう》

1

朝、起床時間を知らせるベルが鳴る前に氷川諒一《ひかわりょういち》は目覚めた。即座に愛《いと》しい男が隣にいるか確かめる。

彼は仰向けで寝ていた。軽い寝息を立てている。

よかった、と氷川はほっと胸を撫《な》で下《お》ろした。

指定暴力団・眞鍋《まなべ》組の頂点に立つ橘高清和《きったかせいわ》には危険が絶えない。つい最近、タイに出向いた清和の訃報《ふほう》が流れ、一時ではあったが無事がはっきりせず、眞鍋組は大きく揺れたばかりだ。清和を抹殺しようと企てた日本有数の名取《なとり》グループと関係を切り、眞鍋組はこれからどうなるだろうと、不安は尽きなかった。しかし、愛しい男の顔を眺めているだけで幸せになれる。

「清和くん」

愛しい男の名前を口にすると、氷川の胸は熱くなった。雄々しい美丈夫が可愛《かわい》くてたまらなくなる。

だが、氷川がシャープな頰《ほお》に唇を寄せると、清和は目を閉じたまま苦しそうに呻《うめ》いた。

「……う……っ……」

珍しく清和が魘《うな》されているので、氷川は綺麗《きれい》な目を見開いた。

「清和くん、どうしたの？」

氷川が優しく問いかけると、清和は低い声でポツリと零した。

「……京子《きょうこ》」

愛しい男の口から由々しき名前を聞いた瞬間、氷川の全身に稲妻が走る。白い手で清和の胸を叩《たた》いた。

聞き間違いではない。京子とは氷川が現れるまで二代目姐《あね》と確実視されていた清和の元恋人だ。清和は彼女に高級マンションやそれ相応の金を与えていたので、正確には愛人というべきかもしれない。眞鍋組資本の高級クラブに在籍していた華やかな美女だ。

「清和くん、起きなさいっ」

氷川が清和の身体《からだ》に馬乗りになると、若い男の目がゆっくりと開いた。

「……っ」

清和は状況が把握できないらしく、焦点の定まらない目で自分を冷たく見下ろしている氷川を眺めている。眞鍋の昇り龍《のぼりりゅう》と恐れられる覇気は微塵《みじん》もない。十九歳という歳相応《としそうおう》の不安定な片鱗《へんりん》が見える。

「清和くん、誰の夢を見ていたの？」

どうして僕の夢を見てくれないの、と氷川は夜叉《やしゃ》のような形相で睨《にら》みつけた。命より大切な男への想《おも》いが嫉妬《しっと》とともに渦を巻いている。頭の中も身体も熱くてどうにかなりそうだ。

「……先生」

清和はようやく状況を把握したらしく、周囲を見回してから軽い溜《た》め息《いき》をついた。

「嘘《うそ》をついても無駄だよ。知っていると思うけど、僕は清和くんが嘘をついたらわかるからね」

氷川は自分で自分がコントロールできなかった。正確に言えば、自制しようとも思わなかった。愛しい男に対して年上のプライドはとっくの昔に捨てている。

「…………」

清和はポーカーフェイスで微動だにしない。氷川の嫉妬の波が去るのを待っているかのようだ。

「僕が隣にいるのに誰の夢を見ていたの？」

ポカポカポカポカ、と氷川は細い腕で清和の逞《たくま》しい肩口を叩いた。感情が昂《たかぶ》って腕に力が入らない。

「……あのな」

清和はどこか呆《あき》れているようだが、氷川を非難している気配はない。どちらかというと、楽しんでいるようだ。

当然、氷川は面白くない。

「清和くん、僕に隠れて京子さんと会っていたの？　夢の中でも許せないよ」

氷川が顔を真っ赤にして力むと、清和は一本調子で言った。

「先生が妬《や》く必要はない」

「誰も妬いてなんかいない」

氷川がきっぱりと断言すると、清和は言葉に詰まった。

「僕、妬いてなんかいないから」

氷川は自分が何を口にしたのか把握していなかった。ただただ嫉妬でいっぱいになっている。氷川の瞼《まぶた》には華やかな美女を侍《はべ》らせる清和の姿が焼きついて離れない。辺りに京子の香水が漂っているような気分だ。

「…………」

清和は氷川に圧倒されているらしく、さりげなく視線を逸《そ》らした。苛烈《かれつ》な昇り龍と恐れられる男とは思えない態度だ。

「清和くん、どうして僕の目を見ないの」

氷川はシャープな清和の顎《あご》を摑《つか》み、強引に自分のほうに向かせた。清和には自分の姿しか見せたくない。

「…………」

「どうして僕と一緒に寝ているのに京子さんの夢を見るの？　浮気なんてひどいよ。京子さんに未練があるの？　京子さん、若くて美人だったよね？　二代目姐に相応《ふさわ》しい女性だったよね」

氷川は目を据わらせたまま、感情の赴《おもむ》くままに捲《まく》し立《た》てた。無意識のうちに清和の顎を爪《つめ》でひっかく。

「落ち着け」

清和は宥《なだ》めるように優しく言った。

「僕は落ち着いている」

言葉とは裏腹に、氷川の潤んだ目から大粒の涙が溢《あふ》れた。涙を止めることができない。不夜城に彗星《すいせい》の如《ごと》く出現した眞鍋の昇り龍は、自分の嫁の涙にとことん弱かった。

「俺は魘されていたんじゃないのか？」

清和は躊躇《ためら》いがちに氷川に語りかけた。

「京子さんと何をしていたの？　週に三回もしていたの？　どうして僕がいるのに京子さんとするの？」

かつて清和は週に三度も京子の元へ通っていた。氷川にしてみれば冷静ではいられない。

「俺には先生しかいない」

埒《らち》が明かないと思ったのか、清和は氷川の身体を抱き寄せた。そのまま氷川の潤んだ目に唇を寄せる。

「ぼ、僕しかいないんだったらどうして僕の夢を見ないの」

氷川の怒りのボルテージがさらに上がった。

「悪い夢を見ていた。京子は先生を狙《ねら》ったんだ」

清和は抑揚のない声で悪夢の中身を明かした。彼自身、思い出したくないことらしく、周りの空気がどんよりと重い。

「ね、狙った？　僕を狙った？　京子さん、うちに来て、僕は指を詰めるか十億払うか迫られたよ」

京子が乗り込んできた日は今でも鮮明に覚えている。落とし前を求められ、氷川はひたすら困惑したものの、指を二本詰める覚悟をした。極道を愛したら命がけだと実感したものだ。

「ああ、悪かった」

氷川を抱いた時、清和は迷わずに京子を捨てた。使者としてショウを立たせ、二億という手切れ金も支払った。けれど、京子は納得せず、ショウに当たり散らしたのだ。清和の代理として、京子が投げた水だしコーヒーやチーズケーキ、バカラの灰皿や洒落《しゃれ》た花瓶など、ショウはすべて顔面で受け止めたという。氷川の無鉄砲ぶりに比べたら可愛いものだと、ショウはアルコールの肴《さかな》として語るそうだ。

「京子さん、清和くんを本当に好きだったんだよ。僕が許せなかったんだと思う……うん、僕も京子さんの気持ちがわかる……清和くんをほかの誰かに奪われるなんて絶対に許せないもの」

氷川の思考回路がとんでもない方向に突き進んだ。危機を察知したらしく、清和は苦悩に満ちた顔で当時の裏事情を口にした。

「あの後、京子はヒットマンを探した。ターゲットは先生だ」

清和は京子の要求に応じ、十億という手切れ金を渡した。

それで関係は清算されたとばかり思っていたそうだ。

氷川が死ねば清和が戻ってくると考えたわけではないだろうが、激しい憎しみか、女としての自尊心か、京子は腕のいいヒットマンを探したという。眞鍋組ではなく敵対していた藤堂《とうどう》組のツテを使っていたそうだ。確実に氷川を仕留めたかったのだろう。

「僕がヒットマンに狙われていたのか」

過去の出来事だからか、氷川は不思議なくらい怖くなかった。何より恐ろしいのは愛しい男にヒットマンが襲いかかることだからだ。

「京子はトップクラスのヒットマンを捕まえた。俺は焦った」

影の実動部隊を率いるサメが京子の動向を察知し、ヒットマンの仕事を裏で阻止したそうだ。もっとも、ヒットマンが凄腕《すごうで》だったゆえ、簡単にすまなかったらしい。

今まで氷川が知らなかった事実だ。

「京子さん、凄い」

スイッチが切り替わったのか、氷川は単純に京子の行動力に触発された。一般社会で生きていた氷川には、腕のいいヒットマンを捕まえることはできない。今でも大事な組員にヒットマンをさせることはできない。

「……おい」

清和の鋭い双眸《そうぼう》に非難が混じった。氷川がヒットマンに狙われた過去に、今でも清和は魘されている。京子を止められなかった自分自身も責めているようだ。氷川を深く愛しているからだろう。

それなのに、氷川はひたすら京子の行動力に感心し続けた。

「僕だったら京子さんみたいにヒットマンを捕まえられないからね。いざとなったら僕がヒットマンになるしか……」

氷川の言葉を遮《さえぎ》るように、清和が険しい顔つきで言った。

「やめてくれ」

清和の脳裏には核弾頭と称された氷川の行動が駆け巡っているようだ。周りの空気がやたらとピリピリしている。

「清和くん？」

氷川はきょとんとした面持ちで清和を見つめた。

「やめてくれ」

先生は兵隊じゃないんだぞ、と清和は苦しそうに続けた。おそらく、眞鍋組一同の気持ちだろう。

「……うん、わかっているから」

氷川が神妙に頷《うなず》くと、清和は低い声で念を押した。

「頼むからおとなしくしてくれ」

「……で、清和くんは焦って京子さんの名前を僕の隣で呼んだの？」

氷川は清和の頬を優しく摩《さす》りながら話題を戻した。

「ああ」

先生の夢を見ていたんだ、と清和は目で訴えているようだ。どちらかといえば口下手《くちべた》で純情な彼は気持ちを言葉にできないらしい。

「僕の夢を見ていたんだね？」

氷川が真剣な顔で確認すると、清和は大きく頷いた。

「ああ」

「僕の夢に京子さんが出てきただけだね？」

氷川は必死になって自分の嫉妬心を抑え込もうとしていた。清和の双眸が雄弁に愛を語っているからだ。

「そうだ」

「清和くんは夢の中でも僕が好きだね？」

夢を示唆するように、氷川は清和の額を人差し指で軽く突《つつ》いた。

「ああ」

清和は少し照れくさそうに返事をした。

「いい子だね」

氷川は幼い子供に接するように、清和の頭部を優しく撫でた。求める返事をくれる男が可愛くてたまらない。

「…………」

子供扱いされて面白くないようだが、よほどのことがない限り、清和は逆らったりはしない。十歳年上の姉さん女房にじっと耐えている。

「でも、次からは僕の名前を呼んでね」

氷川が甘い声で頼むと、清和はさりげなく視線を逸らした。

「……努力する」

欲しかった返事がもらえず、氷川は唇を尖《とが》らせた。

「はい、ってどうして言えないの?」

　悪い子、とばかりに氷川は清和の頬を抓《つね》った。

「…………」

　夢は自分の意思で制御できない、と清和は心の中で反論していた。これといって表情は変わらないが、氷川には清和の感情を読み取ることができる。

「夢の中までコントロールできない、なんて言わせないからね。僕がどれだけ清和くんを想っているかわかっていないでしょう」

　氷川は清和が初めての男ではない。けれど、清和と再会してから、夢に過去の男が出た記憶はなかった。つい清和の頬を抓る指に力が入る。

「わかっている」

「本当に?　僕の気持ちをちゃんとわかってくれているの?」

　氷川が切々と訴えながら、清和の頬を優しく摩った。抓ったり、摩ったりしたせいか、清和のシャープな頬が赤くなっている。

「ああ」

「じゃあ、約束、寝言で呼ぶのは僕だけだよ」

　氷川がきつい目で言い放つと、清和は渋面《じゅうめん》で口を噤《つぐ》んだ。約束を守る自信がないからだろう。それは当然のことかもしれない。

無理だ、と清和は喉《のど》まで出かかった言葉を呑み込んでいるようだ。氷川には手に取るようにわかった。

「僕以外、典子《のりこ》さんなら名前を呼んでもいい」

氷川は例外として清和の養母である典子を挙げた。彼女は清和にとっても氷川にとってもかけがえのない女性だ。

「………」

清和は困惑したらしく、なんとも形容しがたい表情を浮かべる。例外を挙げた氷川に本気を感じ、戸惑っている気配もあった。

夢なんてどうすればいいんだ、と清和は心の中で問いかけている。

「わかったね」

「ああ」

観念したのか、清和は素直に承諾した。嘘も方便、という諺《ことわざ》を思いだしたのかもしれない。

氷川も清和の心情がまったく理解できないわけではない。夢に関してはいろいろと思うところがあるが、口に出して言わずにはいられないのだ。清和への想いが強すぎて、自分で自分を持て余している。

「もう、なんか悔しい」

氷川は想いをぶつけるように、清和の唇にキスを落とした。一度だけではすまない。角度を変えて何度もキスを落とす。

彼の唇を感じてから、ベッドから下りた。

いつまでものんびりしていられない。

氷川は洗面所で顔を洗うと、キッチンに向かった。

タイマーをセットしていたので、すでに雑穀を混ぜた玄米が炊き上がっている。手早く味噌汁《みそしる》を作り、白身魚と根菜を蒸し器で蒸した。アボカドと納豆を混ぜ、醬油《しょうゆ》とワサビで味付けする。ニンジンにタマネギにホウレンソウにキャベツ、リンゴやオレンジをミキサーにかけてジュースにした。

清和がのっそりとテーブルに着いた。

「清和くん、召し上がれ。まず、今日は野菜ジュースから飲んでね。生の野菜や果物に含まれている酵素が必要なんだ」

氷川は作りたての野菜ジュースをグラスに注《つ》いだ。

「ああ」

氷川が特製ジュースを差しだすと、清和は素直に受け取った。

「火を通したら酵素がなくなってしまうんだよ。だから、ジュースで飲むのが手っ取り早い。リンゴを多めにしたけど、あまり美味《おい》しくないかもしれない。でも、重要な栄養だと思って飲んで」

ビタミンもミネラルも植物繊維もたっぷりだから、と氷川は特製ジュースについて説明した。サプリメントに反対しているわけではないが、可能ならば食べ物で栄養を摂取したほうがいい。内科医長や指導教授の意見でもある。

「そうか」

清和は肉食嗜好《にくしょくしこう》だが、決して氷川の手料理に文句は言わない。健康を第一に考えられたメニューを見ても顔色を変えなかった。特製ジュースも一気に飲み干す。

「清和くん、どう?」

特製ジュースについて感想を求めると、清和は真剣な顔で答えた。

「ああ」

清和の答えは返事になっていない。荒行を終えた修行僧の雰囲気がそこはかとなく漂っている。

「だから、どう?」

「飲めないこともない」

清和は箸《はし》を手にしつつ言葉を濁した。どうやら、特製ジュースは口に合わなかったようだ。

「不味《まず》かった?」

氷川はテーブルに手をついて確かめるように尋ねた。

「いや」

不味かったはずなのに、清和は氷川を思いやっていた。どんなに不味くても氷川の愛情が混ぜられているので詰《なじ》れないのだろう。

「明日はリンゴをもうちょっと増やしてみるね。飲みやすくなるかもしれないから」

氷川は頭の中で特製ジュースのレシピを変更した。いくら健康のためとはいえ、飲むのが苦痛になっては元も子もない。

「ああ」

「ステーキとか焼き肉とか、松阪牛《まつさかうし》を使った料理とか、本当は清和くんが好きなものばかり並べてあげたいんだけどね。身体には悪いと思うんだ」

氷川は切々と語りかけたが、清和は茶碗《ちゃわん》を手にしたまま無言で食事を続けている。姐さん女房の尻《しり》に敷かれる亭主の賢明な態度だ。

「清和くんの好きなものを作ってあげられない僕を嫌わないでね」

「ああ」

氷川のけなげな思いに清和が苦笑を漏らしたのも束の間、鈍い朝陽が差し込む食卓に爆弾発言が落とされた。

「ところで、京子さんは清和くんの好きなメニューを作ってくれたの？」

氷川がにっこり微笑《ほほえ》みながら尋ねると、清和は箸でニンジンを持ったまま固まった。一瞬にして周りの空気が張り詰める。

「京子さんは清和くんのために和服を着るようになったんだってね。清和くんのためにどんなごはんを作ったんだろ」

氷川は寂しそうにテーブルに並べた料理を見つめた。

若い女性ならば恋人が好きなメニューを選ぶかもしれない。ショウは女の子の手料理で自分に対する気持ちが摑めるそうだ。男を惚《ほ》れさせるメニューというものがあると女性の間ではまことしやかに囁《ささや》かれている。

「…………」

「ごめん、僕、やきもち焼きなんだ」

清和は何も口にはしない。今さらなのだろう。

「まだ典子さんの心境には辿《たど》りつかない」

命がけの死闘を繰り広げるぐらいならば、どこかの女に血迷ってくれたほうがいい。これが極道を深く愛した女の気持ちだ。

「…………」

「よくばりなのかな」

氷川が大きく息を吐くと、清和は切れ長の目を細めた。

「……いや」

独占欲ならば清和のほうが強いかもしれない。普段、氷川の前で隠している苛烈さが前面に出るからだ。

「清和くんの過去の女性にいちいち妬いていたら身が保《も》たないんだけどね、ついつい……」

「………」

清和は箸を手にしたまま、満足そうに目を細めている。

「そんな嬉しそうな顔をするから、なんかよけいに腹が立つんだ……可愛いけど腹が立つ。腹が立つけど可愛い」

氷川は切なそうに複雑な心境を口にした。

「………」

「僕、どうしよう」

清和は黙々と氷川の手料理を口に運ぶだけだが、このうえなく幸せそうだ。もしかしたら、清和は清和なりに平穏な時間に浸っているのかもしれない。

各方面から狙われていた眞鍋組のシマの騒ぎは、清和の復活で静まった。だが、まだ予断を許さない状況だ。底の知れない大不況で各組織は苦しんでいる。そう簡単に眞鍋のシマを諦《あきら》められないのだろう。

食後のコーヒーを飲み、身なりを整えると、来客を知らせるインターホンが鳴った。送

ていた。

車中、清和の夢について愚痴《ぐち》ったのは言うまでもない。ショウはひたすら清和に同情し

氷川はいつものようにショウがハンドルを握る車で勤務先に向かった。

迎係のショウだ。

せわしない午前診察を終え、氷川は医局に戻った。そこで注文していた仕出し弁当を食べ終える。

昨夜、不審人物が院内を徘徊《はいかい》したらしく、医局はいつになく騒然としていた。なんでも、若手小児科医の安孫子《あびこ》を恨む人物から脅迫電話があったそうだ。電話に応対した警備員は悪質な悪戯《いたずら》だと思ったらしい。

しかし、実際、深夜に不審人物が院内に入り込んだ形跡があった。外来病棟の窓ガラスが何枚も割れていたのだ。残業に励んでいた医事課医事係の主任とともに警備員は院内を回ったらしい。

白髪《しらが》交じりの内科医が苦渋に満ちた顔で中年の小児科医に言った。

「世の中、どうなっているのかね。こちらがどんなに誠実に接していても患者や家族には

届かない」

「医者に文句をつけて金にしようとする患者がいるんですよ。不景気ですからね」

昨今、医師の診察に対してクレームをつけ、金銭を巻き上げようとする輩《やから》の話は珍しくない。氷川も常に注意していた。

「安孫子先生は若いけれど本当にいい医者だぞ。それは私も知っている」

白髪交じりの内科医が安孫子の名前を出すと、中年の小児科医は悔しそうに頷いた。

「はい、同じ小児科医として歯痒《はがゆ》くてたまりません。いったいどこの誰があんな悪質な嫌がらせをしたのか」

「安孫子くんは患者にも親御さんにも絶大な信頼があっただろう。自分の身を削って患者のために頑張っている。今どき、珍しいぐらい勤勉な医者だ」

「犯人、さっさと見つかってほしい」

「まったくだ。……安孫子先生の患者の関係者ではないと思うんだけどね」

不幸中の幸いというか、被害は窓ガラスだけで人的被害は出ていない。不審人物を実際に見かけた者もいなかった。けれど、犯人の目星はつかないし、安孫子のみならず事件を知る医師たち全員に暗い影を落としている。

もっとも、これくらいで落ち込んでいたら医師は務まらない。よくあることだ、で流している。

氷川が熱いコーヒーを飲んでいると、若手外科医の深津達也《ふかつたつや》に声をかけられた。

「氷川先生、ちょっといいか?」

深津は医者特有のいやらしさがなく、サバサバしていて清々《すがすが》しい。医者には珍しく長身の美男子で、女性スタッフに絶大な人気を誇っていた。氷川が好意を抱いている医者のひとりでもある。

「深津先生、どうされました?」

氷川が温和な笑みを浮かべると、深津は耳元にそっと囁いた。

「安孫子先生と仲良かったよな?」

深津が神妙な面持ちで、医局で噂《うわさ》になっている若手小児科医の名前を挙げた。

「仲がいい……と思っていいのかわかりませんが、安孫子先生はいい先生です。医者としても人間としても尊敬できます。患者さんに恨まれているとは思えません」

氷川が素直な気持ちを告げると、深津は爽《さわ》やかな笑顔で手を振った。

「ああ、OK、OK、ちょっと話を聞いてくれ」

「いったい?」

氷川が怪訝《けげん》な顔をすると、深津は小声で話した。

「安孫子先生、真面目《まじめ》すぎる反動なんだと思うが、とうとうヤバい道に足を踏み入れた」

人の命を預かる現場はさまざまな苦悩と困難に満ちている。傍目《はため》から見るより何倍もいろいろな面で凄絶《せいぜつ》だ。煙草《たばこ》やアルコールや異性関係など、時に生真面目な医師や看護師は何かに縋《すが》ってしまうことがある。

「ヤバい道？　まさか……」

氷川は医局で宗教活動をしている医師に視線を流した。深津も宗教には関《かか》わらないように注意しているのだ。

「いや、そっちじゃない……う～ん、似たようなもんかな」

深津は思案顔で唸《うな》っている。

「……まさか、薬物関係じゃないですよね？　似たようなもん？　なんですか？」

精神的にも肉体的にも追い詰められた挙げ句、薬物に手を出す医療従事者がいる。現代の闇《やみ》のひとつだ。氷川は口にしただけで背筋が凍った。

「……霊能者だ」

深津は耳を澄まさないと聞き取れないぐらい小さな声で言った。

「……霊能者？」

氷川は驚愕《きょうがく》で大きな声を上げそうになったが、すんでのところで留《とど》まった。口を手で押さえ、深津の顔を見つめる。

「なんでも、よく当たる霊能者らしい。真蓮《しんれん》っていう名前だって」

氷川はそもそも霊能者自体を知らない。パチパチと瞬《まばた》きを繰り返した。

「真蓮？」

安孫子が生真面目で純粋なだけに惑わされる可能性は高い。

「今回の事件、真蓮が予言していたんだって。だから、安孫子先生はそんなにショックを受けていないそうだ」

深津の言葉が理解できなくて、氷川は聞き返した。

「……は？」

「だから、昨夜《ゆうべ》病院にかかってきた脅迫電話も不審人物も真蓮が予言していたんだってさ。犯人は病院関係者じゃなくてなんの関係もない人物らしい。単なるやつあたりの嫌がらせだから気にするな、と真蓮が守護霊のメッセージを伝えたそうだ」

深津はなんとも形容しがたい表情を浮かべていたが、その気持ちは氷川にもよくわかる。

「守護霊ですか」

すべてを否定するつもりはないが、今までの経験上、どうしたって胡散臭《うさんくさ》くてたまらない。目に見えないもので人を不安に陥《おとしい》れ、金銭にしようとする輩は古今東西、どこにでも転がっている。

患者の不安を煽《あお》り、無用な検査をさせる医師も珍しくはない。人間ドックにしてもそうだ。

「ああ、女性を騙《だま》す手口としては水子霊がポピュラーだよな」

思い当たる話があるのか、深津は憎々しげに口元を歪《ゆが》めた。

「はい、僕も水子霊の話にひっかかった患者さんを知っています。確か、ご本人の水子ではなくて母親の水子でした」

胃炎を患《わずら》った女性患者が友人に紹介された霊能者に視《み》てもらったという。なんでも、胃炎の原因は母親の水子の障《さわ》りらしい。現世に生まれることができなかった無念さで、姉である女性患者に取《と》り憑《つ》いているというのだ。

氷川の診立《みた》てでは仕事のストレスが原因だと思われた。いや、仕事のストレス以外の何ものでもなかったと、今でも自信を持っている。

「……脱線したけど、そういうわけなんだよ。安孫子先生に気をつけてやってくれ。なんか心配だ」

深津が安孫子を案じるのも無理はない。よく考えてみれば、命を預かる現場には霊能者のみならず占い師や予言者、まじない師に祈禱師《きとうし》、ヒーラーや宗教団体なる存在が少なからず影を落としている。氷川が知る限り、どれも大嘘のインチキだった。病気に苦しむ患者や追い詰められている医療従事者に巧妙につけ込み、上手《うま》く金銭を巻き上げるのだ。過去、地元で有名な霊能者に心酔し、財産ばかりか命を落とした患者がいた。当時、氷川は研修医だったが、患者を食《く》い物《もの》にした霊能者には今でも怒りを禁じえない。

「深津先生が注意をしてくださいませんか」

氷川が苦悩に満ちた顔で言うと、深津は辛《つら》そうに溜め息をついた。

「俺じゃ駄目なんだ……っていうより、今は誰が何を言っても駄目なのかもしれない。真蓮とかいう霊能者に心酔し切っている。昨夜の事件が当たったからますます入れ込むだろう」

すでに助言を拒絶された後なのか、深津の端整な顔は引《ひ》き攣《つ》っていた。無意識のうちに氷川の楚々《そそ》とした美貌《びぼう》に陰が走る。

「安孫子先生がどうしてそんなことに……いえ、理由はわかります」

子供の命を預かる小児科医の精神的な負担は想像を絶する。氷川は子供が好きだからこそ小児科を避けた。

「とりあえず、頼んだから。安孫子先生はそのうち氷川先生にも何か言うと思うんだ。真蓮のところに誘われるんじゃないかな。氷川先生も気をつけてくれ」

深津は氷川の細い肩を勢いよく叩くと、何事もなかったかのように医局から出ていってしまった。

考えれば考えるほど気が重くなってくる。氷川は製薬会社の営業担当者が机に置いていったミルクチョコレートを口に運んだが、まったく気分転換にならなかった。こういった問題は難しい。

医局を後にして病棟に向かう。

氷川は言葉遣いに気をつけながら担当患者を診て回った。どの患者も経過は順調だ。病室にお札を持ち込んでいる患者も見かけない。浄化と称し、祭壇を組んで護摩を焚《た》いている患者もいなかった。病室に大きな水晶を持ち込んでいる患者はいるが、今のところ周囲にはなんの害もない。氷川は大きな水晶は見ないふりをして流した。

その後、医師が集められた会議で昨夜の不審人物について話し合われる。犯人の見当もつかないという。

院長を筆頭に皆が、安孫子の真面目な仕事ぶりを知っているので、誰も責めたりはしない。

安孫子は辛そうにうなだれていたが、悲愴感《ひそうかん》はなかった。また、真蓮なる霊能者についても一言も口にしなかった。

氷川はほっと胸を撫で下ろす。

院内の警備態勢を見直すことで意見は一致したが、本当に実施されるのかどうか定かではない。明和《めいわ》病院に限った話ではないが、規模の大きい医療機関は腰が重いのだ。どこかで誰かが必ず足を引っ張る。

負傷者が出てから警備態勢を見直しても遅いんですよ、と氷川は心の中で院長に意見した。

間違いなく、ほかの医師たちも氷川と同じ意見だろう。しかし、誰ひとりとして言わない。

会議を終えると、氷川は医局に戻った。

夜の十一時過ぎにロッカールームから送迎係のショウにメールを送る。待ち合わせの場所に行くと、すでにショウが送迎用のベンツの前に佇《たたず》んでいた。

「お疲れ様です」

ショウは一礼してから、後部座席のドアを開ける。

「ありがとう」

氷川はにっこり微笑んで、広々とした後部座席に乗り込んだ。

ショウは周りを窺《うかが》いつつ、運転席に乗り込む。眞鍋組が誇る特攻隊長は恐ろしいぐらい神経を尖らせている。

「出します」

ショウは一声かけると、真剣な面持ちでアクセルを踏んだ。

眞鍋組の組長代行に立った氷川は、サイレンサー付きのライフルで狙われた。そのうえ、名取グループの跡取り息子にも狙われた。

名取グループと決別した今、どんな状況になっているのか、氷川はあえて尋ねない。だが、ショウの態度から察するにいい状態ではないのだろう。

氷川はわざと明るい口調でショウに語りかけた。

「ショウくん、霊能者とか守護霊って信じる？」

目に見えない世界は、ショウの性格からはどう考えてもかけ離れている。氷川にしてみればほんの軽い気持ちだった。

「あ？　信じるも何も、女を落とすアイテムっスよ」

ショウは嬉々《きき》として女性攻略の小道具に挙げた。過去、気に入った女性を手に入れるために駆使したのかもしれない。

「そうなの？」

ショウの意外な反応に氷川は驚いた。

「女はそういうの好きだから」

目に見えない世界ではなく、女性関係の延長として詳しいらしい。女好きのショウらしいのかもしれない。

「うん、占いが好きなのは知っているけど」

女性向けの雑誌にはお約束のように占いのページがある。評判のいい占い師や霊能者の特集を組む雑誌も少なくはない。女性看護師は年齢に関係なく、占いやスピリチュアルに目を輝かせていた。

「血液型とか星座とか手相とか……ひっ、ま、まさか、霊能者とか占い師に何か言われたんじゃないでしょうね？　俺が知る限り、99・9999999パーセントの確率でインチキです。詐欺みたいなもんですよ」

病院はさまざまな人物が訪れる場所だ。何かを察したのか、ショウはハンドルを握りつつ、素っ頓狂《すっとんきょう》な声を上げた。

「詐欺？」

「占い師にしろ霊能者にしろ宗教団体にしろ詐欺グループみたいなところがあります。ヤクザの俺が言うのもなんですが、バックにヤクザがついていたら、骨の髄までしゃぶりつくされますからね」

ショウに語られた真実に、氷川は背筋を凍らせた。

「ヤクザがバックについているの？　真蓮っていう霊能者を知ってる？」

真蓮という霊能者の背後に暴力団がいたら、安孫子はどうなるかわからない。医師という職業は利用価値が高いだろう。

「真蓮？　霊能者なんスか？」

「うん、知らない？」

氷川が緊張気味に言うと、ショウは掠《かす》れた声で答えた。

「聞いておきます」

「誰に？」

氷川がさりげなく尋ねると、ショウは見事にひっかかった。

「インチキ先生のアンジェリーナに……っと」

ショウは途中まで言いかけてやめたが、氷川は聞き逃したりはしない。冷静に突っ込んだ。

「ショウくん、インチキ先生のアンジェリーナって誰？」

名前から想像すれば女性だが、目に見えない世界のことはさっぱりわからない。イメージ戦略か、女性名を名乗る男性占い師もいるという。

「……俺が知ってる占い師っス。結構、有名だけどインチキ詐欺師っス。本人にはなんの力もないと思う……いや、絶対に特別な力はない。アンジェリーナの客を増やすため、眞鍋は協力しましたから」

アンジェリーナなる占い師の予言を現実にするため、裏で眞鍋組が暗躍したらしい。結果、客はアンジェリーナを本物の実力を持つ占い師だと信じ、頻繁に通い詰めるようになったそうだ。以後、何もしなくてもクチコミで客が増えているという。

「もしかして、その人と組んで眞鍋組は悪いことをしているの？」

氷川は想像さえしたくないが、口にせずにはいられない。

「そ、そんなに悪いことはしていません」

ショウは否定したが、氷川は冷たく言い放った。

「悪いことをしているんだ。お客さんの悩みを聞いて、それをネタに脅《おど》したり？　何かしているんだね？　占い師なんてその気になればいくらでも個人情報が簡単に引きだせるものね」

泥酔した女性看護師からチラリと聞いた記憶がある。不倫相手との別れ話がこじれ、占い師にそれとなく見てもらったという。後日、それをネタに知らない人物から身体と金を要求されたそうだ。おそらく、占い師の仲間だろう。

「あ、世間知らずのくせによく知っていますね」

ショウの言い草が神経に障ったが、氷川は理性で水に流した。

「一般人に迷惑をかけない眞鍋組はどこにいったの？」

氷川は運転席の背もたれを叩き、眞鍋組の仁義を口にする。新しい暴力団を目指している清和は、詐欺を嫌っているし、禁じていたはずだ。

「……でも、うちはそんなに悪いことはしていませんから安心してください。第一、アンジェリーナはサメさんの部下のひとりですから」

観念したのか、ショウは眞鍋組の内情を明かした。

「サメくんの部下なの？　そのアンジェリーナって占い師は？」

組長代行として眞鍋組のトップに立ったが、アンジェリーナなる占い師の名前は一度も聞かなかった。思わず、氷川は身を乗りだす。

「アンジェリーナがいるから手に入れられる情報があるんですよ。眞鍋のためなんで許してください」

「眞鍋のため？　どんなふうに？」

「人探しとか、なくしたものがどこにあるかとか、家を買うべきか、土地を売るべきか、どの不動産屋がいいか、結婚はいつかとか……いろんな人からデータがいろいろと取れるから」

アンジェリーナが得た個人情報は眞鍋組関係の会社の営業に役立つようだ。

「職権濫用」

氷川がきつい顔で切り捨てると、ショウは口笛を吹いて誤魔化《ごまか》そうとした。

「ショウくん、誤魔化されるわけないでしょう」

「……アンジェリーナの件は見逃してください。上玉の管理は難しいんスよ」

眞鍋組資本で働いている女性が、仕事で行き詰まったり、借金や男関係で悩んでいたり、なんらかの問題を抱えて占い師に頼る。占い師は巧みな話術で女性からすべてを聞きだす。そして、アンジェリーナを通じ、サメに情報が届くのだ。ゆえに、眞鍋組は商品である美女を逃さない。

もちろん、眞鍋組に関するデータも逃さないし、アンジェリーナを中心とした占い師のネットワークは人探しにも役立つ。

ショウにアンジェリーナとサメの暗躍を聞き、氷川は呆れると同時に感心した。また末恐ろしくもなってしまった。

「軽い気持ちでは占い師に見てもらえないね」

氷川が歯を嚙《か》み締《し》めると、ショウは肩を竦《すく》めた。

「まぁ、占い師にもいろいろといますから……でも、姐さんは占い師のそばにいっちゃ駄目っス。姐さんと組長の相性はバッチリ、夫婦になる運命だったんスよ。姐さんの守護霊もそう言っています」

ショウの口から守護霊なる言葉が出てもおかしいだけだ。あまりのミスマッチに失笑が漏れる。

「ショウくんにインチキ占い師は無理」

「俺もそう思います……真蓮でしたっけ？　何があったのか教えてくれませんか？」

氷川は安孫子が心酔している霊能者について語った。清和と暮らしている眞鍋第三ビルに到着した時、ショウはきっぱりと断言した。

「真蓮って奴、俺は知らないけど、絶対にインチキ霊能者です。姐さんは絶対に近寄らないでください」

「インチキ霊能者？」

氷川が確かめるように尋ねると、ショウは真剣な顔で力んだ。

「はい、その、昨日の事件？　インチキ霊能者がよく使う手口じゃないですか」

「……そうなのかな」

まず、災いが起きる、と真蓮なる霊能者は安孫子に予言する。その後、霊能者もしくは関係者が災いを起こせばいい。

これで霊能者の予言は当たったことになる。

なんの裏も知らなければ、占ってもらった者は信じてしまうだろう。

ちなみに、これはアンジェリーナと眞鍋組の実動部隊がよく使う手だ。金になる、利用価値がある、と踏んだ客を逃さないためだ。

エレベーターの中でもショウはインチキ霊能者の手口を教えてくれた。単純単細胞の代名詞と化しているが、ショウは単なる馬鹿《ばか》ではなく、堂々たる次期幹部候補だ。人や社会の裏も知っていた。

「いやな世の中だね」

氷川が率直な感想を述べると、ショウは同意するように顔をくしゃくしゃにした。仕事が早く終わったのか、珍しく部屋にいた清和にもありのままを話す。不夜城に君臨する男は顔色ひとつ変えなかった。

「今、神社や寺も金に困って、占い師や霊能者と組むところがある。気をつけてくれ」

清和からさらに途方もない現実を知らされ、氷川は開いた口が塞《ふさ》がらなかった。

「……え？　嘘でしょう？　嘘じゃないの？　神社や寺が？」

「世も末だ、とオヤジが嘆いていた」

資金的に困窮していた寺が霊能者と組んで金を稼いでいるらしい。なんでも、橘高の古い知人は、早死にした叔父が成仏できずに苦しんでいると告げられたそうだ。由緒正しい寺が相手ならば、なんの疑いも持たない。言われるままにお祓《はら》いの代金を何度も払ったという。喜捨《きしゃ》という名目の寄付金も積んだらしい。

久しぶりに古い知人に会い、なんの気なしに始まった会話から、橘高は裏に気づいたそうだ。何よりもまず、橘高は嘆いたらしい。氷川は昔気質《むかしかたぎ》の橘高の気持ちが痛いほどわかる。

「うん、とんでもないね」

氷川は怒りで立っていられなくなり、どっしりとしたソファに座り込んだ。清和も隣に腰を下ろす。

「安孫子という医者にも近づくな」

清和は氷川をじっと見つめて言った。

「……助けてあげたいんだけど」

氷川が苦しそうに答えると、清和が静かな迫力を漲《みなぎ》らせた。心なしか、リビングルームの温度が下がったような気がする。

「その男、気に入っているのか」

清和に冷たい声で問われ、氷川は安孫子について語った。

「真面目で優しくて本当にいい医者なんだよ……え？　清和くん、妬いているの？」

氷川は清和の気持ちに気づき、長い睫毛《まつげ》に縁取られた目を揺らした。

「…………」

俺以外の男を気にかけるな、と清和が心の中で言っている。氷川の気のせいではないだろう。

「なんで安孫子先生に妬くの？」

氷川は啞然《あぜん》としたが、清和は渋面で黙っている。彼が全身から発している怒気がますます強くなった。

「……ん、僕ばかり妬いているのも悔しいから、たまには清和くんも妬いて」

氷川が楚々とした美貌を輝かせると、清和は鋭い目を一段と鋭くさせた。

「おい」

清和の怒気のボルテージは上がりっぱなしだ。迫力が尋常ではない。

「妬いてもいいけど、危険なことはしないでね。始末とか処理とか、そんなの必要ないから」

いくらなんでもそんなことはしないと思うが、氷川には一抹の不安が拭《ぬぐ》えない。優しい口調で独占欲の強い昇り龍に釘《くぎ》を刺した。

「先生次第だ」

嫉妬に駆られているらしく、清和はぶっきらぼうに言い放った。乱暴に足を組む。今の彼は可愛い年下の亭主ではない。

「……ちょ、ちょっと」

氷川は尊大な清和の態度に戸惑った。

「自分の立場を忘れるな」

清和は真上から叩きつけるようにきつく言った。背後に青白い炎が燃え盛っているような気がする。

「忘れてないよ」

氷川は白い頰を紅潮させて力んだ。

「俺の前で安孫子を気遣うな」

安孫子の名を口にする清和には、並々ならぬ殺気が漲っていた。

「このっ……」

言葉に詰まったわけではないが、氷川は清和の肩口に顔を埋《うず》めた。すりすりすりすり、と想いの丈をぶつけるように顔を擦りつける。

清和にはなんの反応もない。

ゆうに一分、ふたりはそのままの体勢でいた。お互いがお互いの温《ぬく》もりで落ち着いたようだ。

氷川は顔を上げると、清和を真剣な目で凝視した。

「安孫子先生、本当にいい医者なんだ。そんな霊能者に騙されておかしくなるなんて理不尽だ。患者さんにとっても医療業界にとっても損失だ。僕、助けてあげたい」

氷川が感情を込めて言うと、清和は軽く息を吐いた。最初から口では敵《かな》わないと諦めているのだ。

「先生は下手に動くな」

清和は氷川を見つめると、低い声で言い聞かせるように言った。何もするな、と心の中で続けているフシがある。

「うん？」

「裏を取るまで待て」

表情はこれといって変わらないが、清和には何か思うところがあるようだ。真蓮という霊能者に心当たりがあるのかもしれない。

「裏？　裏に何かあるの？」

氷川は勢い込み、清和の首に腕を回した。

「わかるまで待て」

「もう……」

氷川が拗《す》ねたように清和の唇に嚙みついた。懸念は晴れないが、愛しい男の唇を感じたら幸せになる。

ふたりだけの甘い時間はこれからだ。

2

翌朝、氷川《ひかわ》は清和《せいわ》の隣で目覚めた。許せない寝言を口にしなかった清和の頰《ほお》を優しく撫《な》でる。

「おはよう、今日はお利口さんだね」

昨日のことがあるので、清和はむっつりと黙っている。

氷川は構わず、清和の額に朝の挨拶《あいさつ》をした。

いつもと同じように朝食を作って食べ、ショウが運転する黒塗りのベンツで勤務先に向かう。

今朝の話題はショウの幼馴染《おさななじ》みであり人気ホストの京介《きょうすけ》だ。

「……それで、京介の野郎、俺に断りもなく女をフったんですよ。フるぐらいなら俺に回してくれればいいのに」

華やかな容姿を誇るカリスマホストは、女性に絶大な人気を誇っている。だからこそ、決して特別な存在の女性は作らない。当然、どんな美女から熱烈な告白をされても断っていた。

京介に拒絶される女性に目をつけたのがショウだ。フるなら俺に紹介しろ、とショウは京介に言い続けている。

「ショウくん、いくらなんでも」

氷川はやんわり窘《たしな》めようとしたが、ショウは物凄《ものすご》い勢いで捲《まく》し立《た》てた。

「フられた女と俺がまとまれば、みんな、ハッピーっスよ。そうでしょう？　あの爬虫《はちゅう》類男《るいおとこ》は気が利《き》かない」

「みんな、ハッピーにはならないと思う」

「全部、京介が悪い」

ショウは口汚く罵《ののし》っているが、氷川は京介の肩を持った。

そうこうしているうちに、紅葉に染まった景色の中に白い建物が浮かび上がる。ショウは銀杏《ぎんなん》が落ちている空き地に車を停めた。

「ショウくん、ありがとう」

氷川はショウに礼を言うと、勤務先に徒歩で向かう。

銀杏は身体《からだ》にいいので清和に食べさせたい。茶碗蒸《ちゃわんむ》しに入れてもいいし、炊き込みごはんにしてもいい。地面に落ちている銀杏を拾いたくなった。けれど、銀杏を拾うならば帰りだ。第一、銀杏でかぶれては話にならない。

職員用の出入り口でへたり込んでいるスタッフを見つける。よく見れば、医事課医事係の主任である久保田薫《くぼたかおる》だ。氷川が知る限り、久保田は何かに祟《たた》られたように災難が続いている。院内でとんでもない拾得物を拾い続けたかと思えば、疾走する犬を追いかける羽目にもなった。しまいには、警備員とともに不審人物の探索に駆りだされている。

「久保田主任、おはよう……どうしました？」

氷川はげっそりとやつれ果てた久保田に声をかけた。

「……氷川先生」

今朝の久保田には風に吹き飛ばされそうな風情《ふぜい》があった。頭部に枯れ葉が張りついている。

氷川は久保田の頭部にある枯れ葉を取った。

「どこか気分でも？」

また何か変なものを拾ったのか、自称・坂本竜馬《さかもとりょうま》ならぬ変な人物に当たったのか、夫婦喧嘩《ふうふげんか》に巻き込まれたのか、動物を押しつけられたのか、氷川はぐったりとしている久保田の顔を覗《のぞ》き込《こ》んだ。

「俺、いったいなんなんでしょうね？」

久保田は虚ろな目でポツリと零すように漏らした。

「どうしました？」

どんなことを言われても動揺しない、と氷川は心構えをする。

「これが俺の人生なんでしょうか？　なんで俺の残業中にいろいろと起こるんですか？

俺に何か原因があるんですか？」

人生云々《じんせいうんぬん》を口にした久保田には、言葉では言い表せない苦悩が満ちていた。下手《へた》な慰めは逆効果だ。

「久保田主任？　……あ、昨日、いや一昨日《おととい》ですか？　お疲れ様でした。窓ガラスが割られていただけでよかったですね」

深夜の病院は決して気持ちのいい場所ではない。不審人物が潜んでいる可能性があればなおさらだ。久保田は老いた警備員たちの先頭に立ち、深夜の病院を点検したという。

「俺、窓ガラスを片づけて怪我《けが》しました」

久保田の手には何枚もの絆創膏《ばんそうこう》が貼《は》られていた。不器用さを如実《にょじつ》に物語っている。

「お大事に」

「不審人物が隠れていないか、いろんなところをひとつずつ回って……怖かったですよ。本当に怖かったです」

久保田は焦点の定まらない目で、ドアをノックする仕草をした。だいぶ、恐ろしかったらしい。

「僕がいたらついていったんだけどね」

氷川は正義感に駆られたが、久保田は泣きそうな声で言った。

「……氷川先生は細いから可哀相《かわいそう》」

久保田の中で氷川は守らなければならない立場の側の人物らしい。彼は眼鏡を外した氷川の清楚《せいそ》な美貌《びぼう》を知っていた。

「君より細くないと思うけど」

氷川は覚醒《かくせい》させるように華奢《きゃしゃ》な久保田の肩を叩《たた》いた。少年体形で童顔の久保田には言われたくない心境だ。

「……すみません」

久保田は失言に気づいたらしく、ペコリと頭を下げた。でも、それでようやく自分を取り戻したらしい。目の焦点が定まった。

「トラブル続きなのは知っているけど、気にしないほうがいい。悪いことは重なるものだから」

みんな、そうだよ、と氷川は慈愛に満ちた微笑を浮かべた。落ち込んでいたらキリがない。

「今朝、俺、ひったくりに遭《あ》いました」

久保田は吐きだすように最新のトラブルを口にした。最寄り駅に向かう途中、自転車に乗ったひったくりに遭遇したらしい。

「警察には？」

氷川が血相を変えると、久保田は頭を抱えた。

「抵抗したので、カバンは取られずにすみました。でも、その後、カバンをどこかに忘れてしまった……俺、馬鹿《ばか》だ。何をやっているんだ」

ひったくりから死守したカバンを自分の不注意でなくしたらしい。久保田は迂闊《うかつ》な自分を責め立てた。ポカポカポカポカ、と自分で自分の頭を殴っている。

「よくあることです」

ピストルを落としたヤクザよりマシ、警察手帳を落とした警察官よりマシ、と氷川は心の中で久保田を慰めた。

「本当に？　よくあることですか？」

「はい、よくあることですから、そんなに落ち込まないでください。こんなところで座り込んでいても時間の無駄ですよ」

落ち込んでいてもなんのプラスにもならない。自分を責めてもどうしようもない。氷川はあくまでプラス思考だ。

「なんか、人生がいやになって」

次から次へ、どいつもこいつも、と久保田はブツブツ小声で呟《つぶや》いている。どうやら、プライベートでもいろいろな問題を抱えているようだ。

「歩きたくても歩けない人がいます。生きたくても生きられない人がいます。健康な君がそんな弱音《よわね》を吐いてはいけません」

氷川が医師として注意すると、久保田は我に返ったようだ。

「……すみません、そうですよね、まったくもってその通りです」

「何か気分転換でもするといいですよ」

氷川が優しく肩を叩くと、久保田は立ち上がった。

「気分転換したくても、できないんですよ」

「医者の間でもよく聞くセリフです」

「深津《ふかつ》先生をなんとかしてくれませんか？　俺は深津先生の玩具《おもちゃ》じゃありません」

唐突に若手外科医の名前を口にした久保田には苛立《いらだ》ちが感じられた。

「それは僕にはどうすることもできません」

久保田を揶揄《からか》う深津に悪気がないことは、氷川もなんとなくだがわかっている。

「氷川先生から何か一言お願いしたい」

挨拶代わりにケツを触るのはやめてほしい、と久保田は可愛《かわい》らしい顔をピクピク痙攣《けいれん》させた。

氷川の目から見ても久保田は可愛い。

「無理だと思いますよ」

「外科医ってどうしてあんなに性格が悪いんですか？」

「僕の口からは言えません」

氷川は久保田と肩を並べ、職員用の出入り口を潜った。そして、それぞれの職場に向かう。

院内はいつもと同じようにせわしくなく時が流れる。

待合椅子《まちあいいす》に座る祐《たすく》を見つけた瞬間、氷川の身体は強張った。彼は甘い顔立ちとは裏腹に眞鍋《まなべ》組随一の策士だ。

また性懲《しょうこ》りもなく退職を迫ろうとしているのか、誰かに狙《ねら》われているのか、名取《なとり》グループか、単なるガードか、どんなに思いめぐらせても答えは出ない。氷川は足早に通り過ぎた。

なんの騒動も起こらないことを願うしかない。

窓から射し込む夕陽で白い廊下が茜色《あかねいろ》に染まった頃、医局にいた氷川に医事課の女性スタッフから電話があった。

『氷川先生、うちの久保田がかかっている先生ですよね？　久保田主任、つわりかもしれません。来てください』

新人なのか、よほど慌てているのか、女性スタッフの言葉は要領を得ない。声も耳障《みみざわ》りなぐらい甲高かった。

「久保田主任は男性です。つわりの可能性はありません。久保田主任がどうかされたのですか?」

氷川は冷静に対処したが、受話器の向こう側にいる女性スタッフは興奮していた。

『だって、久保田主任、げぇげぇ吐いているんですよ。ゲロです。つわりです。来てください。氷川先生は産婦人科の先生でしょう』

未《いま》だかつて院内のスタッフに産婦人科医に間違えられた記憶はない。どこをどうやって訂正したらいいのかすでにわからなかった。現場に向かったほうがいいだろう。さしあたって、久保田が心配だ。

「内科医ですが行きます。医事課にいるんですね?」

氷川は白衣の裾《すそ》を靡《なび》かせ、医局を後にした。足早に廊下を進み、階段を下りる。最速でカウンター式の総合受付に辿《たど》り着《つ》いた。すでに外来患者はまばらで、薬局の前に白髪《しらが》の老人がひとりいるだけだ。

「久保田主任、どうされたのですか?」

開放的なカウンター式の総合受付の奥に医事課医事係がある。ネクタイを緩めた久保田が医事課の床に寝かされていた。

「氷川先生、お待ちしていました。つわりだと思います」

若くて可愛い女性スタッフが駆け寄ってきたが、氷川は首を大きく振った。

「病名をつけるのは医師の仕事です。どうされたんですか？」

氷川は久保田のそばに跪《ひざまず》き、彼の容体を注意深く診《み》た。顔色は悪いが、熱はない。脈も正常だ。

「……な、なんか、急にゲロが」

息も絶え絶えといった久保田が、か細い声で言った。急激に襲われた嘔吐《おうと》に対処できず、ショックを受けているようだ。口元に当てているハンカチが痛々しい。

氷川は注意深く辺りを見回した。

医事課医事係には流し台やコンロが設置されていて、小さな冷蔵庫や食器棚も置かれていた。以前、久保田から聞いたが、年代物のソースやケチャップと一緒に賞味期限の切れたキャンディーも保管されているらしい。

ちなみに、レセプト作成時期には病名をつけるために医事課に呼ばれ、氷川は美味《おい》しいクッキーやコーヒーをご馳走《ちそう》になることが多い。

久保田は医事課の流し台で吐いたらしいが、何事もなかったかのように綺麗《きれい》に掃除されている。異臭もない。

医事課には何台ものコンピュータ端末が設置されていた。ファイルが山積みになっている机の端にコーヒーのペットボトルが置かれている。久保田が飲んでいたコーヒーかもしれない。氷川はコーヒーのペットボトルを確かめるように手に取った。まだ少し、残っている。匂《にお》いも嗅《か》いでみた。

「久保田主任、もしかして、このコーヒーを飲みましたか？」

氷川がコーヒーのペットボトルを掲げると、久保田は苦しそうに答えた。

「……は、はい」

「いつ？」

氷川はコーヒーのペットボトルを手にしたまま、横目で壁にかけられている事務的な時計で時間を確かめた。

「……ひ、ひ、ひ、昼メシの後……かな……」

久保田がコーヒーを飲んでから数時間、経過しているようだ。

氷川は女性スタッフにガラスのグラスを用意させた。それから、ガラスのグラスにペットボトルのコーヒーの残りを注ぐ。

「……やっぱり」

氷川はコーヒーにカビが浮いているのを指摘した。

「……え？　そ、そういや……変な味……し……けど、ペット……ボトル……にカビ……生える……です……か？」

久保田の言葉は不明瞭《ふめいりょう》だが、言いたいことはよくわかる。ペットボトルのコーヒーに

カビが生えた事実が受け入れられないのだろう。

「フタを開けて、放置していたのではないですか？」

研修医時代、氷川はコーヒーを淹《い》れたものの、救急患者が運ばれてきたため手をつけず処置にあたった。数日後、忘れていたコーヒーを口にし、噴きだした思い出がある。肌寒い季節だと油断しがちだが、暖房が効いていたら夏と同じくらい危険だ。

「……そ、そう……ああ、そう……だ……そのコーヒーを飲もうとして……フタを開けたのはいつ……怖い姉ちゃんが怒鳴り込んできて……おいていたんだ……あれ？　あれれれ？」

久保田は苦しそうな顔で記憶の糸を辿っていた。本来ならば喋《しゃべ》るのも辛いはずだ。

「心配しなくてもつわりじゃありません」

氷川が聖母マリアの如き微笑を浮かべると、久保田は腕をわなわなと震わせた。

「……ひ、ひ、ひ、氷川……先生」

久保田は文句を言いたいが、できないらしい。

「今日は早めに帰ってゆっくり休んでください。今日は何も食べられないと思いますよ。食べても吐くかもしれません」

「……そ、そ、それが……提出……書類……」

久保田には提出しなければならない書類があるらしい。身体は限界を迎えているのに、彼は仕事に挑もうとしていた。社会人の鑑《かがみ》かもしれないが、この場合、どうしたって褒《ほ》められない。

「君、カビ入りのコーヒーを飲んでしまったのですよ」

「む、む、虫入りのコーヒー……よく……飲んで……免疫はある……と……」

久保田は何を思ったのか不明だが、日常生活を掠《かす》れた声で語った。彼は虫が浮かんだコーヒーをよく飲んでいるらしい。甘い容姿とは裏腹になかなかのサバイバルライフだ。

「……君、カビですよ？　カビ」

氷川は医療従事者にカビについてレクチャーする必要はないと思っていた。戸惑ってしまう。

「カビ……チーズ……食えます……よね？」

久保田の脳裏にはワインに合うチーズが浮かんでいるようだ。もしかしたら、現実逃避かもしれない。

「カビの生えているチーズは食べられますが、カビの生えたコーヒーは飲めません。カビの生えたパンも餅《もち》も食べられませんよ」

氷川は医師として、久保田と対峙《たいじ》した。彼はだいぶそそっかしいような気がしてならない。

氷川は医局に戻り、医局秘書から回されていた書類を片づけた。人間ドックに関する書類も処理する。

夜の十一時、氷川はロッカールームからショウにメールを送った。待ち合わせ場所に行くと、送迎用のベンツの前にショウが立っている。

「お疲れ様でした」

髑髏《どくろ》と性器を模《かたど》った銀のネックレスが悪趣味だが、それについては何も言わない。今さらの話だ。

「ショウくん、ありがとう」

氷川が礼を言いながら乗り込むと、広々とした後部座席には清和がいた。助手席には清和の分身ともいうべきリキがいる。並んでいなくても迫力のあるふたりが揃《そろ》っていると、車中の雰囲気が普段とまるで違う。

「清和くん、どうしたの？」

氷川は確かめるように清和の膝《ひざ》に触れた。夢でもなければ幻でもない。

「時間が空いたから」

清和はなんでもないことのように言ったが、氷川にはいやな予感が走った。

「……まさか、また何かあったの？　名取グループ？」

清和が直《じか》に迎えに来る理由など、氷川でも即座に挙げられる。米国に罰金を科せられた名取グループ系列の企業が、メディアでいっせいに報道されたばかりだ。日本と同じように着実に凋落《ちょうらく》の道を進んでいる。

「いや」

清和は低い声で否定すると、ショウに向けて軽く手を振った。ショウは清和に返事をしてから発車させる。

氷川を乗せた車は月夜の高級住宅街をあっという間に通り過ぎた。

背後に護衛らしき眞鍋《まなべ》組の車が走っている。前方を走っている大型バイクも眞鍋組の関係者だ。

「清和くん、嘘《うそ》をついても駄目だよ。何かあったんだね？　僕が狙われているの？」

氷川は清和の腕を摑《つか》みながら尋ねた。

運転席のショウや助手席のリキは一言も口にしないが、車中の雰囲気はやたらと重苦しい。

「祐が病院で倒れた」

清和は前を向いたまま、抑揚のない声で言った。

一瞬、車内には沈黙が流れる。

氷川が細い声で沈黙を破った。

「……え？　祐くん？　祐くんが倒れた？」

まったく予想していなかったので、氷川は呆然《ぼうぜん》としてしまう。眞鍋組随一の策士は煮ても焼いても食えない男だ。何があろうとも敵に回したくない男でもある。

「祐が先生の病院で倒れて、そのまま入院したんだ」

清和も想定外だったらしく、いくらか動揺しているようだ。彼の周囲の空気がざわめいている。

「祐くんはどうして病院で倒れたの？　そもそも病院で何をしていたの？」

氷川が食い入るような目で見据えると、清和は助手席にいるリキに視線を流す。昇《のぼ》り龍《りゅう》の右腕が落ち着いた様子で口を挟んだ。

「姐さん、ご心配は無用です。疲労が溜まっていたのでしょう。祐本人にも自覚はあったようです」

リキは進行方向を見つめたまま、祐が倒れた状況を説明しだした。

夕暮れ時、外科外来が閑散としていた頃だ。祐が売店でスポーツドリンクを買っていると、眩暈《めまい》に襲われ、立っていられなくなったらしい。

『……す、すみま……せん……』

祐は詫《わ》びながら売店で倒れたそうだ。

『……だ、大丈夫？　大丈夫じゃないわね』

売店のスタッフが慌てて、救急受付に連絡を入れたという。

リキがいつもの調子で語り終えると、隣に座っている清和が息を吐いた。氷川は清和の大きな手をぎゅっと握る。

「……脱水症状？　貧血？　貧血って赤血球やヘモグロビンが減少した状態なんだけど……鉄欠乏性貧血？　巨赤芽球性貧血《きょせきがきゅうせいひんけつ》？　溶血性貧血？　再生不良性貧血？　貧血じゃなかったら……」

氷川が闇雲《やみくも》に病名を羅列すると、リキは凛《りん》とした声で答えた。

「ただの過労です。祐は気分が悪くなったので、売店にスポーツドリンクを買いにいったそうです」

リキが強引に聞きだしたそうだが、祐は今までに何度か風呂上《ふろあ》がりに眩暈を起こし、スポーツドリンクを飲んで持ち直したことがあるらしい。今回も祐はスポーツドリンクを飲めば平気だと判断したようだ。しかし、祐の身体はとうの昔に限界を超えていた。

「祐くん、気分が悪いならさっさと……ううん、今さら言ってもしょうがないね。時間外だね？　当直は小児科医の安孫子《あびこ》先生だけど」

今まで祐は氷川を指名して外来診察を受けていた。だから、もし、何かあったら、氷川に回される可能性が高い。だが、時間外に倒れたならば、当直に連絡がいく。たとえ、氷川が院内に残っていても。

「……無理をさせた」

ポツリと漏らした清和は、自責の念に駆られているようだ。タイから始まった一連の騒動で最も神経を尖《とが》らせ、肉体的にも疲弊したのは、ほかでもない祐である。彼は最強の参謀だが、身体つきはほっそりとしているし、食も細く、頑強というわけではない。

「うん、ひとりで頑張っていたんだよ。祐くん、痩《や》せた」

どれだけ祐に負担がかかっていたのか、氷川はよく知っている。清和が復活しても、名取グループに対する態度をめぐり、祐は心身ともに消耗していた。今まで過労で倒れなかったほうが不思議かもしれない。鬼の霍乱《かくらん》、と揶揄《やゆ》することはできなかった。

「ああ」

「祐くんは痩せたけど、清和くんは太ったよね」

カラダリ王国大使館で食べたアラビア料理が美味しかったのかもしれない。不夜城に復活してからは、つきあいと称して美食にふけっているのだろう。氷川は確かめるように清和の腹部を撫で回した。

「………………」

氷川の手を拒んだりせず、清和はじっと耐えていた。

「今夜はお腹《なか》に何を入れたのかな？　ニンニクの匂いはしないけど、お肉を食べたんだよね。祐くんもお肉をたくさん食べられる胃袋だったら倒れなかったのかな」

氷川は幼い子供に接するような声音で清和の腹部に語りかけた。清和は仏頂面《ぶっちょうづら》で口を噤んでいる。

「リキくんも太ったよね」

氷川は助手席にいるリキに視線を流したが、彼は前を向いたままでなんの反応も見せない。ショウは無言でアクセルを踏み続けている。

「ショウくんも太ったよ」

氷川が指摘すると、ショウはハンドルを握ったまま乾いた笑いを披露した。自覚があるようだ。

屈強な男たちは死地を潜り抜けても痩せたりはしない。けれど、もともと細い祐や氷川は気をつけていても痩せてしまう。根本的に身体の造りが違うとわかっているが、何か釈然としないものがあった。

バケモノ、と清和やリキを罵る祐の声が聞こえたような気がする。確かに、バケモノじみているのかもしれない。

ショウが全速力で車を走らせたせいか、瞬《またた》く間《ま》に眞鍋第三ビルに到着する。氷川は清和と肩を並べて部屋に入った。うがいと手洗いをすませてから、氷川は自分と清和のためにお茶を淹れる。

「祐くん、単なる過労だね？」

氷川が改めて確かめるように尋ねると、清和はソファに深く座り直しながら答えた。

「たぶん」

「一度検査したほうがいいのかな」

祐は決して弱音は吐かないが、無理も無茶も重ねているはずだ。まだ若いとはいえ、油断はできない。

「それは俺にはわからない」

清和はお茶を注《つ》いだ湯呑みをテーブルに置きながら言った。確かに、清和には答えようがないだろう。

「そうだね、祐くんはちょっとゆっくりさせよう。太らせるのは無理でも元通りの体重に……ん、祐くんはゆっくりしていられないの？」

氷川は胸騒ぎがして、清和に詰めよった。眞鍋組が窮地に陥《おちい》っていれば、参謀は休んではいられない。眞鍋組の頭脳と目されているリキの苦手な分野を祐が担当していた。対名取グループの急先鋒《きゅうせんぽう》のはずだ。

「いや、ゆっくりさせてやってくれ」

清和は慌てたように首を大きく振った。自分が頑強な男だからか、倒れた祐が痛々しくてたまらないらしい。普段、被っている組長の仮面が外れた。

「それで、祐くんはどうして病院に来たの？　何かあったの？　隠さずに教えて」

氷川は真正面から清和を見据えた。

一瞬の静寂の後、清和は重い口を開く。

「真蓮《しんれん》という霊能者にひっかかったらしい」

霊能者という存在に嫌悪感を抱いている清和の周りの空気が重苦しい。

「真蓮？　安孫子先生が心酔している霊能者だね？　看護師さんの間でも評判だった。すっごく当たる霊能者でなかなか予約が取れないんだって。でも、特別に予約を取ってもらっているんだって」

今日、ナースステーションで女性看護師たちが、本物と評判の霊能者こと真蓮を楽しそうに話題にしていた。なんでも、真蓮は著名な女性向け雑誌やテレビ番組でも取り上げられているらしい。恋の訪れを真蓮に予言されたという女性看護師は、我が世の春のように興奮していた。

『私の元に参られたことには意味があります。守護霊のお導きによって私との御縁を授かったのです。今までいろいろとありましたね。これからは大丈夫です。大難を小難にしてさしあげましょう』

真蓮はしっとりと落ち着いた女性で、初めて訪れた看護師の緊張を解いたという。看護師がなかなかできない恋人について尋ねると、真蓮は囁《ささや》くように語りかけたそうだ。

『そろそろ、いい出会いがありそうですよ』

看護師が勢い込むと、真蓮は優しく微笑《ほほえ》んだそうだ。なんでも、今まで恋が実らなかったのは、守護霊が仕事に専念させようとしていたからだという。

『お父様が酒乱で暴力を振るわれましたね？　お母様がお父様に冷たかったのも原因ですよ。お父様を許してあげなさいね。あなたもお酒はほどほどにしないといけませんよ。もう若くはないのだし、酔っぱらって化粧をしたまま寝てはいけません』

真蓮は過去についてピタリと当てたらしい。看護師は一度のセッションですっかり真蓮に心酔してしまったようだ。

「真蓮にはなんの力もない。詐欺師だ」

清和はこれ以上ないというくらいぴしゃりと言った。

「ショウくんも言っていた」

氷川が大きく頷くと、清和はトーンを落とした声で続けた。

「真蓮と元金子《かねこ》組の残党が組んでいる」

「元金子組……聞いたことがある。藤堂《とうどう》さんが仕えていたのが金子組だったよね？」

金子組はかつての清和の宿敵ともいうべき藤堂の悲しい過去に関係している暴力団組織だ。藤堂の行方が杳《よう》として摑めない今、元金子組の残党もマークしているらしい。おそらく、藤堂の実力は清和率いる眞鍋組が誰よりも評価している。

「ああ、今は立命会《りつめいかい》のチンピラだ」

立命会という組織は初耳だが、暴力団だとすぐにわかる。

「立命会？　ヤクザだよね？」

「そうだ」

氷川の瞼《まぶた》にヤクザに囲まれる安孫子が浮かんだ。

「そんな……安孫子先生、どうなるの？」

立命会なるヤクザに狙われた安孫子が哀れでならない。氷川は恐怖に駆られて、清和の膝に乗り上げた。大柄な清和と真正面で向かい合う形になる。

「安孫子はどうなっても構わない。ただ、祐は先生を心配していた」

俺も先生を心配した、と清和は言外に匂わせている。どうやら、立命会なる暴力団は質《たち》が悪いらしい。

院内に立命会の関係者が潜り込んでいないか、氷川のプライベートに気づいているのか、気づいていないのか、祐は探るつもりだったらしい。しかし、積もり積もった疲労でとうとう力尽きてしまったようだ。

「それで今日、病院に来て、売店で倒れたの？」

氷川が祐の行動を口にすると、清和は苦悩に満ちた顔をした。

「そうだ」

「何かわかったの？」

氷川は探るような目で清和をじっと見つめた。

「わからない」

清和に嘘をついている気配はない。まだ何も掴んでいないのだろう。すでにほかの誰かを調査のために潜り込ませているのかもしれないが。

「安孫子先生を助けてあげてほしい」

氷川が甘い声で頼むと、清和は一瞬にして不機嫌になる。年下の男は妬《や》いているのだ。

「だから、安孫子先生に妬く必要はないってば」

氷川は清和の鼻先をペロリと舐《な》めた。

「…………」

「もう……妬くならもう少し違ったところで妬いてほしい」

氷川は唇を尖らせて、清和のネクタイを緩めた。

「…………」

「安孫子先生、可哀相だ」

氷川は清和のネクタイを引き抜き、シャツのボタンを上から順に外す。現れた逞《たくま》しい胸を調べるように指でなぞった。

「…………」

氷川がどんなに言葉を重ねても、清和の機嫌は一向によくならない。彼の周りはピリピリしたままだ。

「看護師さんたちだって真蓮に恋の予言とか結婚の予言とかされて喜んでいたのに……」

氷川は清和の牛革のベルトに手をかけた。ゆっくりとベルトを外し、ズボンのジッパーを下ろす。

「立命会の関係者が現れるさ」

その予言のおかげでカタギと遊べるなら立命会の男にとってはいい話だろう、と清和は冷酷な表情で続けた。ヤクザにとって真面目な看護師は都合のいい女だ。経済力があり、自立している彼女たちは、ヤクザに金銭を巻き上げられるかもしれない。

「そ、そんな……」

ショックのあまり、氷川は清和のズボンの前を摑んでしまった。

「運命だと真蓮に言われ、看護師もヤクザを受け入れるんじゃないか」

日頃、無口な清和がいつになく饒舌《じょうぜつ》だ。まるで看護師とヤクザをまとめたいような雰囲気がある。

「だ、駄目だよ、彼女たちは幸せになってほしい」

氷川は清和のシャープな顎を軽く叩いた。

「ヤクザの女は不幸か？」

ヤクザに愛された先生は不幸か、と清和は心の中で叫んでいるような気がした。清和の目に悲哀を感じ、氷川は軽く微笑んだ。彼は彼なりにヤクザという自分に葛藤《かっとう》を抱いている。

「ヤクザに貢がされる女性は気の毒だ。でも、僕は不幸じゃないよ。清和くんといるだけで僕は幸せだよ」

氷川は清和の目尻に唇を這《は》わせた。

「……………」

「そんなこと、まだ気にしているの？」

氷川は花が咲いたように微笑むと、清和の分身に手を伸ばした。

「……………」

「そりゃ、ヤクザは廃業してほしいけどね。本当に眞鍋組は解散させたいんだけどね。眞鍋組のシマもほかの誰かにあげてもいいいんだけどね。もう仕方がないんだよね。そういう生き方しかできないんだから」

氷川は悪戯《いたずら》っ子《こ》のような顔で、清和の雄々しい分身を弄《まさぐ》った。

「……………」

清和は表情を変えないが、身体は正直だ。氷川が与えた愛撫《あいぶ》で、分身は逞しく成長していく。

「僕は清和くんがヤクザでも医者でも好きだよ。清和くんも僕がヤクザでも医者でも好きでしょう？」

僕ならなんでもいいんでしょう、と氷川は頰をほんのりと染めて語りかけた。愛されている実感に酔いしれる。

「ああ」

照れくさそうに答えた清和への愛《いと》しさが募る。

「いい子だね」

氷川はたまらなくなって、清和の分身に唇を這わせた。

3

翌日、予想した通り、氷川《ひかわ》は祐《たすく》の担当になった。明和《めいわ》病院では村田《むらた》祐という名前を使っている。救急用のカルテに書き込まれた安孫子《あびこ》の文字を見た。ご多分に漏れず、安孫子の字も汚いが読めないこともない。氷川は安孫子が適切な処置をしたと判断した。

「調子はいかがですか？」

氷川が医師として尋ねると、祐は胸を押さえて言った。

「命より大切な白百合《しらゆり》の如《ごと》き麗《うるわ》しき人と己の人生について、論文を書かなければならない心境です」

祐らしい言い回しに、氷川は苦笑を漏らした。

「それだけ言えるのなら大丈夫です。正直に教えてください。倒れたのは初めてではありませんね」

藤堂《とうどう》組との死闘の後に、祐は過労で倒れたと聞いている。もっとも、人前では意識を失わなかったらしい。抗争が終わるまで気力でもちこたえていたのだ。

「我が麗しの白百合が人間魚雷ぶりを発揮した時ですね。どうしてあんなに俺を苦しめるのでしょう」

祐はこめかみに手を当てて、白百合こと氷川を詰《なじ》った。普段の嫌みに比べたら、トーンダウンしている。

「白百合はどうでもいいです。なんでもいいので、ちゃんと答えてください。倒れたのは初めてではありませんね」

氷川がきつい目で睨《にら》むと、祐は軽く頷《うなず》いた。

「はい」

「ここ最近、無理をしましたね。倒れましたね」

僕の知らないところで倒れていたんでしょう、どうして何も言わなかったの、単なる過労じゃなくてどこか悪いのかもしれないよ、と氷川は気が気でなかった。大事な祐が患者だと、冷静になれないのかもしれない。

自分の母親の貧血に右往左往したベテラン医師がいる。自分の父親に注射を打てなかった名医もいた。医師も大事な者が患者だと、役に立たないケースが珍しくない。

「白百合に何度も心臓を止められましたから」

祐はあくまでしれっと無謀な氷川を罵《ののし》る。

「白百合はおいておきましょう。昨日、病院で倒れる前は、いつ倒れましたか？」

今朝、どんな気分だったか、朝食は食べたか、昼食は食べたか、何を食べていたのか、ちゃんと睡眠を取っていたのか、シャワーですませず風呂《ふろ》に入って身体《からだ》を温めていたのか、氷川には祐に確認したい事項がいくつもあった。気が急《せ》いているのか、無意識のうちに声が上擦《うわず》っている。

「白百合が淑《しと》やかな白百合らしくしてくだされば治るでしょう。もう二度と倒れたりはしません」

祐は答えになっていない言葉を口にするが、決して氷川から視線を逸《そ》らさない。

「もしかして、しょっちゅう倒れていましたか」

真剣に答えて、と氷川は小声で言った。

「白百合への愛の分だけ倒れていました」

最初からまともに答える気などないのだろうが、祐は柔らかな微笑を浮かべたままのらりくらりと躱《かわ》し続《つづ》ける。

「検査をしましょうね。食事は残しちゃ駄目ですよ」

氷川は静かな迫力を漲《みなぎ》らせて言い放った。あの検査もこの検査もしてやる、と氷川は検査の指示を若い看護師に出す。

若い看護師はアイドルタレントのような容姿の祐に頰《ほお》を染めていた。この様子だと看護師の間で祐のルックスは話題になるだろう。

氷川は問題の多い看護師が祐に近づかないように願った。

病棟を歩いていると、進行方向から見舞客に扮《ふん》した眞鍋《まなべ》組の関係者が歩いてくる。手には見舞品らしき果物の籠《かご》があった。

祐くんには鰻《うなぎ》でもステーキでも差し入れていいよ、と氷川は心の中で呟《つぶや》く。

人通りの少ない階段を下りていると、ボソボソと話し合う声が聞こえてきた。姿は見えない。氷川は足を止めて耳を澄ます。

医者と女性看護師の不倫現場だったら、さっさと逃げたほうがいい。医者と医療事務員にしてもそうだ。どうしてこんなに不倫が多いのか、理由はわかっているが、見ていて気持ちのいいものではない。

「……昨日はカビ入りのコーヒーを飲んだ後、階段から落ちたり、ドアにぶち当たったり、玄関ですっ転んだり、歯磨き粉で顔を洗ったり……な、なんかいつにもましてひどい。カビ入りコーヒーの後遺症か、今朝もヘロヘロだったんですが休めなくて……なんか、半端じゃなくツイていません」

カビ入りのコーヒーを飲んだ男、聞き覚えのある声だった。弱々しいが、医事課医事係の主任である久保田《くぼた》だ。

久保田に答えたのは小児科医の安孫子だった。

「うん、きっと何かあるんだよ。何か知らせたくて、君に災難が降りかかっているのかもしれない」

安孫子はやけにしんみりとした口調で言った。まるで心霊特集番組に流れるナレーションのようだ。

「そ、そうなんですか？　俺に何を知らせるんですか？」

まるで天啓を受けたように、久保田の声のトーンが一気に上がった。

「真蓮《しんれん》先生に一度見てもらったほうがいいと思う。真蓮先生なら何か教えてくれるよ」

何を言っているんだ、と氷川は背筋を凍らせた。安孫子が不幸続きの久保田に、ヤクザがバックについているインチキ霊能者を紹介している。いや、紹介というより、洗脳の第一歩かもしれない。

「……真蓮？　ああ、霊能者の真蓮ですね？　うちの女性スタッフの間でも評判です。過去をピタリと当てるとか」

女性だらけの職場にいるせいか、久保田は真蓮を知っているらしい。真蓮に対して疑念は抱いていないようだ。

「うん、真蓮先生は本物の霊能者だと思う。僕も過去をピタリと当てられたんだ」

いろいろと大変でしたね、過酷な現場で一生懸命頑張りましたね、あまりにも真面目《まじめ》に頑張りすぎるから駄目なんですよ、少しは気を抜きなさい、と真蓮に初めて会った時に優しく言われたそうだ。真蓮を語る安孫子の口調は興奮している。

「頑張りすぎですか……でも、無理をして当然だと思われている職場ですよね」

思うところがあるのか、久保田が切々とした様子で言った。

「ああ、僕もそう思っていた。無理をして当然だと思っていたんだ。あの時、立て続けに患者を見送って、ノイローゼになりかけていたんだろうね。看護師が真蓮先生を教えてくれたんだ」

生まれた時から長く生きられないと宣告されていた患者がふたり、立て続けに逝ってしまった。安孫子のミスではないが、生真面目な小児科医はひどく落ち込んだ。鬱状態《うつじょうたい》に陥《おちい》った安孫子を見るに見かねて、小児科の看護師が真蓮を紹介したという。看護師の紹介があったから、なかなか取れない真蓮の予約が特別に取れたらしい。

どうして先生が落ち込んでいるんですか、幼い患者さんは先生に感謝していますよ、優しい先生に最後に診《み》てもらって嬉《うれ》しかったみたいですよ、と真蓮は落ち込んでいる安孫子に逝った患者のメッセージを伝えたらしい。亡くなった幼い患者の導きによりここに来たんですよ、とも真蓮は口にしたという。

安孫子は一瞬にして気が晴れたそうだ。

裏を知っている氷川は、啞然《あぜん》としてしまう。けれども、久保田はか細い声で勢い込んで言った。

「そ、そうなんですか、そういうのって、全部嘘《うそ》っぱちだと思っていたけど本当なんですか」

久保田は目に見えない世界を信じないタイプだったようだが、あまりにも不運が重なって、自分を見失っているのかもしれない。霊能者や占い師関係だけでなく結婚や金融関係の詐欺師にもひっかかりやすい時期だ。

安孫子は心の底から久保田を案じて真蓮を紹介している。タチが悪いなんてものではない。安孫子も騙《だま》されているので仕方ないのだが。

「うん、確かに嘘っぱちが多いみたいだね。真蓮先生もいいかげんな霊能者やヒーラーが増えたから心配している」

お願いですから巷《ちまた》に溢《あふ》れている霊能者と同じように思わないでくださいね、と真蓮は自分について注意したそうだ。

氷川にしてみれば開いた口が塞《ふさ》がらない。聞いているだけでもムカムカしてくるが、久保田は縋《すが》るように安孫子に言った。

「お、俺も視《み》てほしい……でも、高いんですよね」

「そんなに高くないよ。相場以下なんだ」

人を助けるためにやっている、と真蓮は主張して鑑定料金を上げないそうだ。しかし、信者と化した客が大金を包むらしい。氷川は清和から真蓮の金の巻き上げ方を聞いた。決して自分からは金を要求せず、客から出させるように上手《うま》く仕向ける。あまりの巧妙さに氷川は感心してしまったほどだ。その知恵をまっとうな方向に駆使すれば、一財産築けるだろう、と。

安孫子はまだ金は吸い取られていないようだ。もしかしたら、安孫子は名声を上げるための要員として、位置づけられているのかもしれない。顧客に明和病院の医者がいるという事実はいい宣伝になるだろう。真蓮の信頼にも繫《つな》がる。

「予約、どれぐらい待てばいいんでしょうか」

時間が空いていてもそう簡単に予約を入れない。これは評判を上げるテクニックのひとつだ。

「真蓮先生は医療従事者に理解があるんだ。僕が医事課の主任だと紹介するから、そんなに待たなくてもいいと思う」

現在、小児科の看護師をはじめとして、明和病院内で真蓮の顧客が増えている。真蓮自身のメディアへの露出も効果があったようだ。

メディアによる情報の信憑性《しんぴょうせい》に関し、清和から裏事情を聞いた。所詮《しょせん》は金次第だという。氷川にしてみればメディアの罪も追及したい気分だ。

「そうですか、ありがとうございます」

「真蓮先生のスタッフに聞いたんだけど、真蓮先生の言葉通りにしたら、時間はかかるかもしれないが、必ずよくなるそうだ。悪い人が去っていって、いい人が残るらしい。人間関係で鬱病になっていた人が、何人も真蓮先生のおかげで助かったらしい」

悪い人が去っていい人が残る、なんて典型的な騙しのセリフだ。真蓮の指示通りにしなくても、人間関係は変わらなかっただろう。そもそも、真蓮のスタッフの言葉に真実は含まれてはいない。

「大きな不幸を小さな不幸にしてくれる、って雑誌の特集記事にあったそうですけど、本当なんですか？」

大きな不幸を小さな不幸にする、も占い業界のみならず宗教関係の常套句《じょうとうく》だ。

「そうだよ、小児科の看護師が火事に遭ったんだけどね、真蓮先生が火事で焼け死ぬところを助けてあげたらしい」

絶対に違う、と氷川は心の中で安孫子に反論した。真蓮が助けなくても、小児科の看護師は無事に逃げだしていただろう。

「真蓮先生はそんなことまでできるんですか」

久保田は真蓮の力に感心しているようだ。

「本人は謙遜《けんそん》して公にはしないんだけど、生まれつき人を助ける力を持っているそうだ。人を助けるためにこの世に生まれたらしい」

人を助けるために生まれたのは真蓮じゃなくて安孫子先生、あなたですよ、と氷川は心の中で憤慨した。

氷川が踏み出そうとした時、久保田が医療関係者らしい質問を安孫子に投げた。

「じゃあ、どうして真蓮先生は医者になってくれなかったんですか？　難病で苦しんでいる人がたくさんいるのに……」

「真蓮先生は戦国時代に建立《こんりゅう》された由緒正しい寺の娘として生まれたらしいんだ」

真蓮はそれらしく素性《すじょう》を偽り、経歴を詐称していた。彼女は妻子持ちの教師と風俗嬢の間に生まれた子供だ。父親には認知もされていないし、養育費ももらっていない。それでも、真蓮は十三歳の時に父親の職場に乗り込み、金銭を要求したという。十五歳でパトロンもいたらしい。

たいしたワルだ、と清和は真蓮を称した。

世間知らずの安孫子など、真蓮ならば簡単に騙せるだろう。何も知らされていなければ、氷川も真蓮を信じてしまったかもしれない。

「寺の娘……医者の選択肢はないですか」

「医者は僕のような平凡な男でもなれるけど、真蓮先生には真蓮先生しかなれない。素晴らしい方なんだ。真蓮先生がいなければ、僕はどうにかなっていただろう。脅迫電話も真蓮先生が予《あらかじ》め教えてくれたから心構えはできていたんだ」

だから、それは真蓮とヤクザの共同作業ですよ、不幸なんて作ろうと思えばいくらでも作れるんですから、と氷川は心の中で罵った。

そう、不幸な事件は簡単に捏造《ねつぞう》できるのだ。ゆえに、業界では洗脳する手段として駆使される。

「俺、深夜の病院をチェックしましたが怖かったですよ。真蓮先生は脅迫電話を阻止してくれなかったんですか？」

久保田は意外にもなかなか鋭い突っ込みをする。きっと、無意識だろう。

「真蓮先生が守ってくれたから、窓ガラスが割れただけで済んだんだよ。そうじゃなきゃ、入院患者に危害が加えられていたかもしれない」

大難を小難にすることはできるが何もないようにすることは難しい、と真蓮は最初から断っているという。予め逃げ道を作っているのだ。

「真蓮先生は安孫子先生宛《あ》ての脅迫電話の犯人がわからないんですか？」

「気にするな、と真蓮先生に言われた。気にする必要のない人物らしい。ただのやつあたりらしいから」

「ただのやつあたりで名指しの脅迫電話なんてされたくありませんが」

「マイナス思考になると悪い出来事を引き寄せてしまう。なんでも、いいほうに考えなさいと、真蓮先生に言われた」

なんでもいいほうに考えなさい、は宥《なだ》めるときの常套句だ。プラス思考は必要だが、真蓮のような詐欺師から聞くと思うと、腹立たしさでいっぱいになる。氷川は自分を必死になって抑え込んだ。

「なんでもいいほうに考える、ですか」

「そうだよ、僕もいい出会いがあるそうなんだ。真蓮先生の言葉を信じている」

真蓮から新しい未来を予言されたらしく、安孫子の声が珍しく弾んでいた。

「出会いですか?」

「ああ、結婚は難しいかもしれないけど、いい人に愛されるそうだ。一目会ったらわかる、と真蓮先生に言われていたんだけどね」

安孫子はいつになくはしゃいでいるようで、久保田が明るい声で茶化した。

「いい人に……もしかして、その嬉しそうな顔、いい人に会ったんですか?」

「……わからない、わからないから、真蓮先生に聞きに行く」

安孫子は心を弾ませているが、氷川は頭を抱えていた。どう考えても、真蓮とヤクザの罠《わな》だ。

「そうですね。いい人と上手くいったらいいですね」

「ありがとう、君にも幸せになってほしいんだ……というより、君があまりにも気の毒で見ていられない」

安孫子にそんな意識はないだろうが、勧誘トークそのものになりつつある。結婚相談所や老人ホームへの勧誘でもよく聞かれる言葉だ。

「同情してくださってありがとうございます。俺がカビ入りのコーヒーを飲んでゲロ吐いても、誰も同情してくれませんでした。そそっかしい、なんて言いやがった奴もいて……俺は……」

君はそそっかしい以外の何ものでもないだろう、と氷川は久保田に心の中で強く語りかけた。

「大丈夫、真蓮先生がいいほうに導いてくださるよ。僕も真蓮先生のところに行ってから人生が変わった」

インチキ経由地獄行きの特急列車に乗ったのではないか、と氷川は眩暈《めまい》を感じた。手遅れにならないうちに目を覚ましてやったほうがいい。氷川はなおも話し込む安孫子と久保田に口を挟もうとした。

だが、背後から伸びてきた手に口を塞がれてしまう。ほっそりとした腰も摑《つか》まれてしまった。

誰だ、名取《なとり》グループの関係者か、と氷川は身体を強張らせる。二度と拉致《らち》されたりはしない、と足をバタつかせようとした瞬間、眞鍋組の韋駄天《いだてん》の抑えた声が耳元に聞こえてきた。

「今、ここで何を言っても無駄っスよ」

ショウがどうしてこの場にいるのか、わざわざ尋ねる必要はない。氷川はショウに促されるまま、安孫子と久保田が話し込んでいる階段から静かに引き返した。ふたりに気づかれた気配はない。

氷川とショウは鉢植えの観葉植物が置かれている廊下の端で立ち止まった。辺りに人影はない。

「ショウくん、安孫子先生と久保田主任が危ない」

氷川はいてもたってもいられないが、ショウは向こう見ず上等の鉄砲玉とは思えないほど落ち着いていた。

「安孫子先生は真蓮にのめりこんでいますから、今は何を言っても無駄です。安孫子先生も頭がいいから、よけいに反発するかもしれない。下手をしたら姐《あね》さんがとばっちりを受けます」

対象がなんであれ、信じる存在がある者は強い。そして、時にやっかいだ。ショウの意見にも一理ある。

「……僕が非難されるのか」

氷川は白い壁に手を当てて唸《うな》った。

「こんな場合、真蓮より真蓮を信じている純粋な安孫子先生や信者のほうがヤバいっス。どんな害を撒《ま》き散《ち》らすかわかりません。本人は害なんて撒き散らしているつもりはないんでしょうが」

真蓮は人を騙し、金銭を吸い上げている自覚があるから、まだマシかもしれない。けれど、安孫子は自分では善行を施していると信じ込んでいるから、真蓮を否定する氷川を弾劾しかねない。

「ショウくん、それは誰の意見？　祐くん？」

氷川はショウの背後に聡明《そうめい》でいて辛辣《しんらつ》な策士の影を感じた。

「はい、祐さんが姐さんをひどく心配していました。ヤクザより安孫子のほうが危険だ、って」

ショウは神妙な面持ちで、祐の言葉を告げた。

「安孫子先生は本当にいい先生なんだよ」

労働基準法を完全に無視して働いている安孫子を知っているので、氷川は胸が痛くてたまらなくなった。

「それは祐さんも言っていました」

ショウは爽《さわ》やかな顔でコクコクと頷いている。

昨日、祐は時間外で診察を受け、入院することになったが、当直だった安孫子には感心したという。名うての皮肉屋も真摯《しんし》な安孫子には文句をつけられなかったそうだ。

「祐くんを納得させるとはたいしたものです」

氷川は自分のことのように誇らしくなり、満面の笑みを浮かべた。

「姐さん、祐さんは大丈夫ですよね？　ただの過労ですよね？」

ショウは祐の容体を案じていたのか、ガラリと話題を変えた。心なしか、声が掠《かす》れている。

「過労だと思うよ」

「いつ頃、退院できますか？」

退院日を尋ねてくるショウを目《ま》の当《あ》たりにして、氷川の背筋に冷たいものが走った。祐を必要とする時が迫っているのかもしれない。

「祐くんが退院しなくちゃならないようなことが起きたの？」

氷川が泣きそうな顔をすると、ショウは慌てたように手を振った。

「そうじゃありません、ただ、今の眞鍋は祐さんがいないと上手く回らないんです」

眞鍋組の内情はくどくど説明されなくてもわかる。氷川は腕を組みながら、医師としての見解を述べた。

「……太るまで退院させないって言いたいところだけど、ちょっと様子を見ようか。祐くんは今までに何度も倒れているはずだ」

「京介《きょうすけ》もそんなこと言っていた」

聡《さと》い京介は限界をとうに超えていた祐の身体に気づいていたようだ。

「だろうね」

ワゴンを押した補助看護師が氷川に会釈をしながら通り過ぎる。氷川とショウは医師と見舞客に見えないこともないが、いつまでも話し込んでいる場合ではない。

「それじゃ、姐さん、いいですね？　安孫子は完璧《かんぺき》に洗脳されています。絶対に安孫子を説得しようなんて思わないでください。死んでも無理です」

ショウは恐ろしいぐらい真剣な顔で、氷川に改めて注意した。これは祐からの伝言だろう。

「じゃあ、どうすればいい？　取り返しのつかないことが起こる前に助けてあげたい。見捨てるなんてできないよ」

氷川はショウの肩を摑もうとしたが、自分の立場を思いだして腕を下ろした。医師が勤務先ですべき態度ではない。

「……姐さん、そんな思い詰めたような顔をしないでください」

ショウは無鉄砲な氷川に対する恐怖で膝《ひざ》をガクガク震わせている。

「患者さんを立て続けに亡《な》くしてノイローゼになるのはよくわかるんだ。他人事《ひとごと》じゃない。だから、そんな安孫子先生につけ込んだ真蓮が許せない」

弱くなっている時にはハイエナしか寄ってこない、と眞鍋組の頭脳であるリキが口にしていた。

弱体化したら終わりだ、弱みを見せるな、と清和が躍起になっている理由もわかる。もっとも、極道の世界のみならず一般社会にしてもそうだ。世知辛《せちがら》い世の中になったものだと、大正生《たいしょう》まれの老患者が愚痴るのもわからないではない。

「霊能者にしろ占い師にしろヒーラーにしろ、人の悩みで食っている奴らですよ。言うなれば、寺だって人の不幸で食っているんです。どんな状態でも信じたほうが馬鹿《ばか》です。自業自得ですからそんなに姐さんが気にやまなくてもいいっス」

ショウの容赦のない言葉に、氷川は顔を引《ひ》き攣《つ》らせた。

「それ、祐くんが言ったの？」

確かに、正論かもしれないが、氷川にしてみれば釈然としない。どうしたって、安孫子の肩を持ってしまう。

「世間知らずの安孫子に呆れていました」

「僕も安孫子先生も勉強一本、仕事一筋に生きてきたからね。きっと、安孫子先生もゲームセンターで遊んだことないよ」

以前、一度もゲームセンターで遊んだことがないと言ったら驚かれた。霊感がなくても、安孫子の過去は手に取るようにわかる。女性関係も慎ましいものだ。大学を卒業して以来、彼女どころかデートさえしたことがないと言っていた。

「姐さん、安孫子に同情しないでください。優しいから心配です。絶対に真蓮のところに殴り込んだりしないでくださいね」

ショウが雨に濡《ぬ》れた子犬の風情《ふぜい》を漂わせたが、氷川の顔はぱっと明るくなった。それこそ、天に導かれた気分だ。

「そうか、僕が真蓮をなんとかすればいいんだ」

罪の自覚がある真蓮を諭すほうが早いかもしれない。いい考えが浮かんだとばかり、氷川は勢い込んだが、ショウは真っ青になった。

「絶対にやめてください。真蓮には立命会《りつめいかい》がついているんですよ」

組長代行として眞鍋組のトップに立ったせいか、氷川は暴力団組織に怯《おび》えたりしないし、それなりのノウハウも身につけた。真蓮本人ではなく背景にいる立命会に手を引かせないと駄目だ。

「真蓮じゃなくて立命会に掛け合ったほうがいいの？　橘高《きったか》さん、人助けならば動いてくれるよね」

仁義と義理を重んじる眞鍋組の橘高には苛立《いらだ》たされたが、天然記念物に指定したいくらい古臭い男だけに、いざとなれば誰よりも頼りになる。一般人を助けるために、立命会に掛け合ってくれるかもしれない。

「姐さん、祐さんの容体が悪くなるから絶対にやめてくださいね。ますます痩《や》せ細《ほそ》ってガリガリになる……あの、組長と話し合って対処しますから、姐さんは絶対に動かないでください」

凄絶《せいぜつ》な恐怖に駆られているらしく、ショウの目から涙がポロリと零れた。眞鍋が誇る特攻隊長の勇ましさは微塵《みじん》もない。

「清和《せいわ》くんが安孫子先生を助けてくれるなら」

ショウの涙に負けたわけではないが、清和が請け負ってくれるのならばそれでいい。氷川はコクリと頷きながら、ショウの涙を白い指で拭《ぬぐ》った。

「はい、組長が必ずなんとかしますからおとなしくしてください。まかり間違っても桐嶋《きりしま》組長を連れて殴り込まないでくださいね」

桐嶋組の組長は氷川の舎弟を名乗っている気持ちのいい極道だ。紆余曲折《うよきょくせつ》あって、清和の宿敵だった藤堂組の後を継いだ。孤独な藤堂の最後でいて唯一の心のよりどころでもある。

「どうしてここで桐嶋組長の名前が出るの？」

氷川が目を丸くすると、ショウはカチンコチンに固まった。どうやら、桐嶋の名前を出すつもりはなかったらしい。

「桐嶋さんがどうしたの？　……あ、ひょっとして立命会は金子《かねこ》組の残党がいるんだね？　桐嶋組と揉《も》めているの？」

氷川の思考力がフル回転すると、ショウは髪の毛を掻《か》き毟《むし》った。自分の失言を悔やんでいる。

髪の毛が何本も抜けたが、ショウに脱毛症の危険はないので止めない。

「……あ、う、あ、う……ご想像通り、桐嶋組と立命会は揉めています。立命会がシマを狙って、桐嶋組にちょっかいを出しているんですよ。立命会のシマは小さいし、金にもなりませんからね」

当初、桐嶋は藤堂から引き継いだ桐嶋組のシマを維持できないと、眞鍋組の関係者のみならず誰もが予想していた。

それなのに、桐嶋は意外なくらいきっちりと統《す》べている。眞鍋組とも友好関係を結んでいるが、関東随一の大親分に気に入られたことが大きいのかもしれない。桐嶋の漢《おとこ》っぷりがそうさせているのだろう。

「桐嶋組と立命会、抗争になるの？」

氷川が白皙《はくせき》の美貌を曇らせると、ショウは首を大きく振った。

「立命会にそんな根性はありません。抗争はないと思いますが、裏で汚い手を使います。おまけに、素人《しろうと》を使う」

昔気質《むかしかたぎ》の極道の薫陶《くんとう》を受けたショウは、立命会の戦い方が許せないようだ。清和やリキにしても同じ気持ちだろう。

「どこかで聞いたような手口だね」

藤堂の汚い手口は定評があり、清和率いる眞鍋組はさんざん煮え湯を飲まされた。立命会は根本的に眞鍋組と合わないようだ。

「はい、立命会は反吐《へど》が出るほど薄汚いので注意してください。いざとなれば、眞鍋がカタをつけますから、姐さんは決して近づかないように……ついでに、安孫子ともあまり接しないように」

目が血走っているショウに、氷川は頷くしかなかった。今夜は当直なのでこの場で体力を使うわけにはいかない。

普段と同じように医師としての務めに励む。

夜の七時、氷川はおにぎりと即席の味噌汁《みそしる》の夕食を摂《と》った。コーヒーを飲んでから、祐の病室に足を運ぶ。祐の希望で廊下の端にある個室に入院していた。よく、ちょうどいい個室が空いていたものだ。

病室に祐しかいないと思ったら、安孫子がいたので氷川は驚いた。

「……安孫子先生？」

氷川が躊躇《ためら》いがちに声をかけると、安孫子の頬はだらしなく緩んでいた。こんな安孫子は見たことがない。

「氷川先生、お疲れ様です。村田祐さん、昨夜《ゆうべ》はぐったりされていたのでどうにも気がかりで……」

安孫子は当直で診察した救急患者をひどく案じたようだ。今、現在、祐の担当医は氷川である。当直がそういったことをするのは稀《まれ》だ。律儀な安孫子の性格を表しているのかもしれない。

「そうですか」

氷川は曖昧《あいまい》な笑みを浮かべて、安孫子と祐を交互に眺めた。

パジャマ姿の祐は儚《はかな》げで、とてもじゃないがヤクザには見えない。おまけに、見事に猫を被っている。安孫子の前ではおとなしい好青年を演じているようだ。

問題は安孫子である。

祐に対する目はどう見ても医師ではない。アイドルを前にしたファンというか、好きな女性を前にした男というか、恋に恋した乙女男というか、安孫子には熱に浮かされているような気配があった。こんな安孫子を氷川は知らない。安孫子にかける言葉も見当たらなかった。

「村田さん、お忙しい日々を送られているようです。仕事が大切なのは僕もよくわかりますが、身体が資本ですからゆっくり休んでくださいね」

安孫子はベッドにいる祐に優しく言うと、白い病室から出ていった。氷川がいる以上、立場は弁《わきま》えているようだ。

しばらくの間、氷川も祐も口を開かない。

ベッドの脇《わき》にある小さなチェストには赤いチューリップが飾られ、窓際のテーブルには
サーモンピンクの薔薇《ばら》のアレンジメントがあった。それぞれ、見舞いの花に違いない。

いろいろと訊《き》きたいことはあるが、まずは医師に徹するべきだろう。

「どうですか？」

氷川が優しい笑顔で尋ねると、祐は苦しそうにうなだれた。

「白百合を思うと何も喉《のど》を通りません」

祐の相変わらずの返答に、氷川は形のいい眉《まゆ》を顰《ひそ》めた。

「だから、もうその白百合は忘れましょうね。夕食は残さずに食べた……わけじゃありませんね」

氷川は担当看護師が記入した食事チェックの内容を眺めた。だいぶ残しているような気がする。

「あまりの不味《まず》さに人生を振り返りました」

祐は美食家ではないが、病院食には参ったようだ。

「そんなに不味い？」

氷川は悪戯《いたずら》っ子《こ》のような顔で明るく尋ねた。

病院食はちゃんと栄養のバランスがとれている。だが、病院食の評判は芳《かんば》しくなく、氷

川も幾度となく患者から文句を言われていた。ほかの医師や看護師もクレームを食《く》らっているようだが、一向に病院食は改善されない。

「イギリス料理といい勝負かもしれません」

どこまで本当か知らないが、イギリス料理は不味いという説がある。これだけは美味《おい》しいと評判だった名物料理のフィッシュアンドチップスを食べて、生理的な涙を流したと力説した先輩医師がいた。揚げればいいだけなのにどうしてあんなに不味いのか、不思議でならないという。

どうやら、店によって差があるらしい。

「イギリスで食べたピザやカレーは美味しいと聞いたけど」

先輩医師はイギリスで食べた美味しい料理を真剣な顔で挙げてくれた。後輩を思っての注意だったようだ。

「ピザはイタリア料理でカレーはインド料理ですよ」

「うん、ピザとカレーはどこでも美味しいんだね。病院の食事が口に合わないならば誰かに差し入れをもらってください……っと、いろいろとありますね。好きなだけ食べていいですよ」

眞鍋組の関係者の見舞いだろうか、清和が通っている料亭の重箱やグルメマップには必ず紹介されているカツサンドが、窓際《まどぎわ》のテーブルに置かれていた。横浜《よこはま》中華街屈指の名店の中華弁当やフランス製のチョコレートもあるようだ。

「食欲がないんですよ」

祐はかなり食が細くなっているらしく、真顔で弱々しく言った。彼にしてみれば絶品と評判の差し入れも迷惑らしい。

「困りましたね。脈を測らせてもらえますか」

氷川は祐の脈を測りつつ、一番聞きたかったことを小声で尋ねた。

「安孫子先生はいったい何をしてたの？」

氷川が医師としての仮面を外すと、祐はにっこりと微笑《ほほえ》んだ。

「見てわかりませんでしたか？」

祐はなんでもないことのように答えたが、氷川は低く唸ってしまった。

「……ん、だいぶ、祐くんを気に入っているみたい？」

氷川は言葉を濁したが、祐はストレートに言った。

「ホモなのかもしれませんね」

氷川は心臓をメスで抉《えぐ》られたような気分になった。二の句が継げない。

「セクハラはされていませんから安心してください」

祐の辛辣な言葉を聞き、氷川は自分を取り戻した。

「だ、誰もそんな心配はしていないよ」

「そうですか？　医者のセクハラも多いんでしょう」

まるでミッションのように医師の不祥事が多発している。祐に揶揄《やゆ》されても仕方がないが、氷川は真っ向から反論した。

「安孫子先生に限ってそんなことはありません。僕が心配しているのは安孫子先生のほうです」

氷川が苦しそうに言うと、祐は悲しそうな顔をした。白々しくてたまらない。

「俺のほうじゃないんですか？」

祐はセクハラをされたら黙ってはいないだろう。安孫子を撃退しているはずだ。

「安孫子先生はホモじゃないと思う。男に興味を持った過去もないはずだよ。どうして祐くんに舞い上がっているの？」

安孫子が祐に恋をするなど、想定外の珍事なんてものではない。氷川は頭がおかしくなりそうだ。

「俺に訊かれても知りません」

祐は楽しそうに微笑むばかりで、まったく戸惑っていない。憎たらしくも、余裕さえ感じさせる。

「まさか、祐くん、真面目な安孫子先生を誘惑したの？」

氷川は祐の脈に触れたまま、掠れた声で尋ねた。

「俺の好みじゃありません」

俺は姐さんが好みですよ、と祐は甘い声で茶化す。

「も、もう、いったいどうして？　なんでよりによって祐くん？」

氷川は祐の脈から手を放すとこめかみを押さえた。至極まっとうに生きてきた安孫子が、なぜ同性に魅了されるのか、どんなに考えても答えは出ない。

「よりによってとはなんですか」

祐は氷川の言い草に苦笑を漏らした。

「だってそうでしょう？　祐くんは安孫子先生を好きになってくれないでしょう？」

氷川が歯を噛《か》み締《し》めると、祐は大袈裟《おおげさ》に肩を竦《すく》めた。

「姐さんの命令とあれば、好きではなくてもつきあえますが」

「安孫子先生が可哀相《かわいそう》だからやめてほしい」

祐にさんざん振り回され、身も心もボロボロになる安孫子が容易に想像できる。もしかしたら、気ばらしとばかりに安孫子はいたぶられるかもしれない。どちらにせよ、安孫子が不幸になるだけだ。

「そうですか？」

祐は楽しそうに笑うだけで、肯定も否定もしなかった。

「……祐くんと昨日会ったばかりだものね。明日になれば冷静になっているかもしれない。様子を見よう。安孫子先生、オクテだから祐くんの綺麗な顔にちょっとよろめいただけかもしれない」

氷川の目から見ても祐の甘い容姿は魅力的だ。仕事に次ぐ仕事で疲れ果てていた時に初めて見たら、安孫子のような純情な男は運命の女神だと勘違いしてしまうかもしれない。

希望的な氷川の観測を祐が打ち砕いた。

「そこに飾ってあるチューリップを持ってきたのは安孫子先生なんですよ。オクテのすることではないと思いますが」

祐は脇に飾られている真紅のチューリップを指で差した。

殺風景な病室は赤いチューリップで明るくなっている。氷川も見舞いの花ならば季節外れでも赤いチューリップを選ぶだろう。

「……え?　このチューリップは安孫子先生から?」

氷川はきょとんとした面持ちで祐に聞き直した。驚愕《きょうがく》の事実がすんなりと受け入れられない。

自分でもわけがわからないが、チューリップの童謡が耳に木霊《こだま》した。幼い清和が氷川の膝で歌っている。

『清和くん、上手だね』

氷川が拍手で褒《ほ》め称《たた》えると、幼い清和は嬉しそうにはしゃいだ。

在りし日の思い出に浸っている場合ではない。今、問題になっているのは、安孫子が祐に贈った赤いチューリップだ。

「はい。俺が赤いチューリップに見えるようです」

氷川は安孫子の美的感覚が理解できない。

「祐くんのどこが赤いチューリップなの？　ううん、どうして患者に花を贈るの？」

氷川が呆然とすると、祐は喉の奥で笑った。

「俺に訊かないでください」

氷川はその場にへたり込みそうになってしまったが、下肢に力を入れて、踏《ふ》み留《とど》まった。

「……っ、安孫子先生、重症です。どうしよう」

氷川は安孫子をＩＣＵに隔離したくなってしまった。もっとも、ＩＣＵに閉じ込めてもどうにもならないだろう。恋の病に効く薬も点滴もない。

「安孫子先生に熱い目でじっと見つめられましたが、愛の告白はされていません」

祐は小悪魔的な微笑を浮かべ、安孫子の態度を口にした。

「お願いだから、告白させないようにしてあげて」

氷川は祐のパジャマの襟を摑んでしまう。しかし、すぐに我に返って、パジャマの襟から手を放した。

「難しいかもしれませんよ」

祐は安孫子にはなんの興味もないようだが、氷川を揶揄《からか》って楽しんでいる気配があった。一筋縄ではいかない男の所以《ゆえん》だ。

「祐くんなら簡単でしょう。もう、本当に末期症状じゃないか、どうして……あ、そういえば、安孫子先生は真蓮になんか言われていたんだよな。いい人と出会うとか……」

そのうちいい出会いがあると予言され、安孫子は期待していたのだろう。昨夜、甘い容姿の祐を一目見て、勘違いしてしまったのかもしれない。

「じゃ、俺が運命のいい人ですか」

祐は最高に楽しそうにほくそ笑んだ。

「……ん、でも、真蓮から結婚にはいたらないって言われていて……ああ、だから、男の祐くんだと思い込んだのかな」

氷川は瞳《ひとみ》をぐるりと回し、ひょんなことから聞いた真蓮の予言を口にする。

「成績は優秀で英語にもドイツ語にも堪能らしいですが、一言で言うならば、馬鹿、ですね」

祐の気持ちもわからないではないが、この場で氷川が賛同するわけにはいかない。必死になって安孫子を庇《かば》った。

「言わないであげて。圧倒的に悪いのは真蓮と立命会なんだから」

「真蓮が上手く立命会を利用しているみたいですね。立命会は金がなくて危ない橋を渡っていますから、真蓮から持ち込まれた話は美味しいんですよ」

資金繰りに困窮した立命会は、麻薬の密売や偽造カードの作成だけでなく、戸籍の売買にも手を出しているという。最近では、食い詰めたチンピラを集め、強盗チームを結成させたそうだ。善悪の判断のつかない少年たちにひったくりもさせているらしい。

「立命会が真蓮が予言した不幸を実現させるんだね？」

「そうです。楽な仕事ですよ」

近いうちに電話関係でトラブルがありますが、気にしなくてもいいですよ、と真蓮が若い女性客に予言する。

後日、真蓮から連絡を受けた立命会の関係者が、若い女性客に悪戯電話を何度もかければいい。

真蓮の予言は当たったことになる。

もっとも、この手口は霊能者や占い師が単独でもできるケースだ。街頭にいる占い師や易者の中にも駆使する輩がいるらしい。

客が大物だと判断した場合、もっと大がかりな仕掛けが組まれるだろう。

「もしかして、いい人と巡り合う……真蓮は安孫子先生に女性を用意していた？」

氷川が安孫子に仕掛けられた罠を口にすると、祐はしたり顔で何度も頷いた。

「その可能性は高いでしょうね。安孫子が恋をした女性がまともで、真蓮を見破ったら、すべておしまいです。自分の息のかかった女と話をまとめますよ」

一度狙《ねら》ったら決して逃したりはしない。カモに対する真蓮と立命会のしつこさは清和から聞いていた。

「じゃ、安孫子先生が祐くんに一目惚《ひとめぼ》れしたほうが害がないのかな?」

氷川は瞬時に究極の選択をした。真蓮と立命会に食《く》い物《もの》にされるより、祐に振り回されたほうがマシかもしれない。

「俺に一目惚れするなんて、馬鹿のわりにお目が高い」

祐は高飛車《たかびしゃ》な態度で安孫子を褒めた。

「……うん、じゃ、安孫子先生にあまり冷たくしないでね」

氷川は思いを込めて祐の手を固く握った。心なしか、いつもより祐の手が冷たい。

「麗しの白百合よ、かしこまりました」

「でも、安孫子先生を本気にさせないでね。自然に熱が冷めるように上手くもっていってあげてね」

氷川が真剣な顔で言うと、祐は軽く笑った。

「麗しの白百合よ、俺にどうしろと言うんですか?」

「ショウくんにはさっき頼んだけど、清和くんに真蓮と立命会をなんとかしてもらう。人を救う立場の人間が悪事を働くのは許せないんだ」

氷川が悔しそうに言うと、祐は綺麗な目を細めた。

「今日、ショウに泣きつかれました。姐さんが怖い、と」

真蓮や立命会に殴り込みをしかねない氷川について、ショウはすでに祐に報告しているらしい。

「うん、清和くんが助けてくれないなら僕がする。橘高さんと安部《あべ》さんを借りるから」

氷川は自分の身を懸け、切々とした調子で脅迫した。自分で卑怯《ひきょう》だとわかっていたが、背に腹は代えられない。

「橘高顧問と安部さんなら無条件で引き受けてくれるでしょう。だから、姐さんはおとなしくしていてくださいね」

氷川は頷きながら意志の強い目で言った。

「安孫子先生を、助けてあげてね」

「姐さん、駆け引きの仕方を覚えましたね」

祐はシニカルに笑ったが、どこか感心しているようだ。

「僕、本当に本気で怒っているんだ」

「それはわかっています。組長もリキさんも真蓮の類《たぐい》は毛嫌いしていますから」

祐は眞鍋組中枢の気持ちもサラリと明言した。

「でも、眞鍋組にもアンジェリーナとかいう占い師がいるんでしょう?」

あれから氷川はアンジェリーナの記事を探してみた。評判が上昇している占い師らしく、女性雑誌の特集ページにアンジェリーナが載っていた。

そもそも、アンジェリーナの評判が上がるようになったのはネット上での噂《うわさ》だ。サメ率いる実動部隊の宣伝効果があったらしい。

どちらにせよ、アンジェリーナの占いが当たるという評判はすべてウソだ。

「アンジェリーナは可愛いものです。ちゃんと客を幸せにしていますよ」

「そうなの?」

氷川は信じられなくて、怪訝そうに祐を見つめた。

「はい、アンジェリーナへの懸念は御無用に願います」

祐が手を振った時、救急車のサイレンが聞こえてきた。救急患者が運ばれてきたのだろう。

「じゃ、僕は行くから……おとなしくしていてね」

当直である氷川が背を向けると、祐は意味深な笑みを浮かべた。

「それは俺のセリフですけどね」

おとなしくしていてくれ、とお互いがお互いに願っているようだ。氷川は嫌みっぽく壁を突くと、パジャマ姿の祐がいる病室を後にした。

眞鍋組のことも真蓮や立命会のことも安孫子のこともすべて忘れ、運ばれてきた救急患者に集中する。

若い男性患者は鳩尾《みぞおち》を押さえ、ぐったりしていた。傍《かたわ》らでは恋人らしき若い女性が泣きじゃくっている。金色に染めた長い髪の毛も豹柄《ひょうがら》の服もピンクのブーツも、すべてにおいて派手だ。

「ご、ご、ご、はんを食べたの……彼がいきなり……どこかで感染したのかしら……」

若い女性の言葉は要領を得ないが、氷川はだいたい摑めた。

「どこで何を食べました?」

氷川が優しく尋ねると、若い女性はしゃくりあげながら答えた。

「うちでごはんを……どこかで感染したのかしら……」

「ご自宅で何を作って食べられたのですか?」

若い女性のネイルアートが施された長い爪を見て、氷川は変なところで感心した。その爪で料理ができるのか、と。

「ク、クリームシチューを食べたの……彼はゲロゲロしちゃったの。今までそんなことは一度もなかったの……どこかで感染したのかしら……」

若い女性が語尾につけるフレーズは完全に無視する。もしかしたら、彼女は自分の手料理に問題があったのではないかと恐れているのかもしれない。恋人はどこかで感染したことにしたいのだろう。

　氷川はクリームシチューに使う食材を脳裏に浮かべた。

「クリームシチューを食べたのですね？　クリームシチューにどんな食材を使われましたか？　賞味期限の切れた乳製品は使われていませんか？」

「……あ、バターは前の前の彼の誕生日に買ったバターだから五年前……牛乳はそんなに古くないけど……捨てろ、って前彼が言ってたかも。でも、やっぱり、どこかで感染したのよ……」

　若い女性のプライベートにいろいろと思うところはあるが、当然ながら氷川はいっさい口にしない。

「牛乳が腐っていたのかもしれませんね」

　氷川がやんわり指摘すると、若い女性は態度をガラリと変えた。

「わ、私が悪いって言うの？　彼はどこかで感染したのよ。絶対にそうよ。私は悪くないわ。医者のくせにそんなこともわからないの？　変な診察をしたら訴えるわよっ」

　若い女性は甲高い声で怒鳴りつつ、椅子《いす》を派手に蹴《け》り飛《と》ばした。氷川は困惑するしかない。

　逆ギレ、と女性看護師が独り言のように呟く。

　聞いているのか、聞いていないのか、定かではないが、処置台にいる若い男性患者はなんの反応もしない。

「苦しんでいる患者さんの前で大声を出さないであげてください」

氷川は優しく諭そうとしたが、焼け石に水だった。

「何よ、あんたが悪いんでしょう。私は悪くないわよ。よくも私を怒らせてくれたわね。謝罪と慰謝料を請求するわ。彼はどこかで感染したのよっ」

若い女性はヒステリー状態で手がつけられない。けれども、昨今、こういった患者は少なくはない。どの医師も辟易《へきえき》していた。確か、小児科の安孫子も看護師もさんざん悩まされていたはずだ。患者が子供だけに保護者のモンスターぶりは尋常ではない。

氷川は夜間受付にいる警備員を呼んで、興奮状態の女性を救急処置室から出ていかせた。

「大丈夫ですよ。安心してください」

氷川は男性患者に囁《ささや》くように静かに語りかけた。

もちろん、救急用のカルテにはありのままを記入する。付き添いの若い女性の暴言も忘れずにドイツ語で綴《つづ》った。

これくらいで参っていたら、医者はやっていられない。

4

当直明けといっても、医師には日常業務が課せられている。氷川《ひかわ》は目まぐるしい外来診察をこなす。

最後の患者は三十歳のデンマーク人男性だった。緊張気味の女性看護師からカルテが回される。

「ハジメマシテ」

青い目のデンマーク人患者はたどたどしい日本語で挨拶《あいさつ》をした。瞳《ひとみ》の色に合わせたスーツがよく似合う。

「初めまして、日本語はわかりますか？」

「チョットダケ」

デンマーク人患者はにっこり微笑《ほほえ》むと、椅子《いす》を動かして氷川に近づいた。

「では、どうなさいました？」

「アタマガイタイ」

姐《あね》さん、絶対に真蓮《しんれん》と立命会《りつめいかい》に首を突っ込まないでくださいね。すでに病院のスタッフに立命会の関係者が潜り込んでいます、とサメが小さな声で続けた。そう、目の前にいる男性はどこからどう見ても外国人だが、彼は間違いなく眞鍋《まなべ》組のサメだ。彼の変装は見事の一言に尽きる。

「いつから頭が痛いんですか？」

「キノウ」

Dr.安孫子《あびこ》は真蓮と立命会の獲物です。諦《あきら》めてください、とサメは小声で続ける。名取《なとり》グループとの問題を抱えている今、立命会と揉《も》めたくないのかもしれない。氷川にしろ眞鍋組の立場はわかる。

「熱はありませんね。お薬を出しておきましょう」

氷川は不屈の精神でデンマーク人男性に扮《ふん》したサメを見据えた。こうなったら、眞鍋組の協力は求めない。自分で誠心誠意こめて安孫子を説得する。安孫子が目を覚ますまで何があろうと諦めない。

「オクスリで治るといいな」

姐さん、特攻精神を出さないでください。真蓮も立命会も姐さんが眞鍋組の二代目姐だと知っています、とサメは早口で言った。

「お薬で治るから安心してください。お大事に」

氷川はデンマーク人男性に扮したサメの診察を強引に終わらせた。ここで押し問答をしていても埒《らち》が明かない。

サメは食《く》い下《さ》がらずにあっさりと診察室から出ていった。氷川の性格をよく知っているからだろう。

気が重くて仕方がないが、落ち込んではいられない。

どうするか、どうやって安孫子を説得するか、氷川は医局で遅い昼食を摂《と》りながら必死になって考えた。

コーヒーを飲んでから、病棟に向かう。

どの入院患者の経過も良好だ。氷川は祐《たすく》の病室に向かおうとしたが、窓の外に白衣姿の安孫子を見かけた。傍らには淡い色のカーディガンを羽織《はお》った祐がいる。天気がいいので散歩にはちょうどいい日だ。それでも、どうして安孫子と祐が仲良く肩を並べているのだろう。

氷川はいてもたってもいられなくて、階段を足早に駆け下りた。安孫子に気づかれないように、背後からそっと近づき、大きな菩提樹《ぼだいじゅ》の陰に隠れる。風に乗ってふたりの会話が聞こえてきた。

「恥ずかしながら、僕は今まで仕事しかしてこなかったんだ。つまらない男だろう」

安孫子は思春期の学生のような風情《ふぜい》を漂わせ、祐は儚《はかな》げな美青年を演じていた。

「安孫子先生、何を言っているんですか。ご立派です。心から尊敬します」

祐に甘い声音で褒められて、安孫子は嬉《うれ》しそうに微笑んだ。

「村田《むらた》さんからそう言ってもらえるとは思わなかった」

「どうか、祐と呼んでください」

祐が可愛《かわい》くねだると、安孫子の膝《ひざ》が崩れそうになった。彼はすんでのところで持ちこたえる。

「……いいのか？」

安孫子の照れくさそうな笑顔がすべてを物語っている。

「安孫子先生には名字ではなく名前で呼んでほしい」

「じゃ、僕も……」

「嬉しいです」

祐は綺麗《きれい》な目を潤ませて、安孫子の白衣の袖口《そでぐち》を握った。

「……あ」

まさしく、安孫子は完熟トマトさながらだ。

「あ、すみません」

祐は恥ずかしそうに慌てて安孫子の袖を放した。可愛いなんてものではない。花も恥じらう乙女より乙女らしいかもしれない。

「い、いや」

安孫子は首まで真っ赤にして俯《うつむ》いている。

一昔前の青春ドラマのワンシーンのようだ。

いったい何をやっているんだ、と氷川は大木の陰で固まった。夢でもなければ幻でもない。現実だとわかっているが受け入れられない。いや、安孫子は本気かもしれないが、祐は絶対に違うだろう。

祐の唇が安孫子の顔に近づいたので、氷川は咳《せき》ばらいをしながら踏みだした。

「村田さん、安孫子先生、いい天気ですね」

氷川の登場で甘い雰囲気は木《こ》っ端微塵《ぱみじん》に壊れる。安孫子はオタオタしたが、祐は落ち着いていた。

「はい、いい天気だったので病室にいるのがいやになってしまったのです。散歩の了解は安孫子先生にいただきました」

なんでも、今日も安孫子は祐の病室を訪ねたらしい。祐に誘われて、紅葉が見事な庭に出たそうだ。

「そうなんですか、僕もお弁当を持ってどこかに行きたい気分です」

「いいですね」

祐が赤く染まった楓《かえで》の木を眺めた時、安孫子のポケベルが鳴った。

「じゃあ、僕はこれで」

安孫子は一声かけてから、白い建物に戻っていく。氷川と祐はそれぞれ温和な微笑で見送った。

そして、どちらからともなく、大きな菩提樹の陰に進む。この場ならば建物の中から見えないだろう。

「本当にいい天気です。羽が生えてどこかに飛んでいきそうな気分です」

氷川が両手で羽を真似《まね》ると、祐はシニカルに笑った。

「氷川先生、病院に天使が現れたら大騒動が起こりますよ」

「……で、安孫子先生をどうするつもり？」

氷川が神妙な面持ちで尋ねると、祐は白い建物を見上げて言った。

「愛の告白をさせてみたいんですが」

「……え？」

氷川が口をポカンと開けると、祐は菩提樹の太い幹を忌々《いまいま》しそうに叩《たた》いた。

「告白ぐらい軽くすればいいと思いませんか？　俺もあれだけラブビームを出してやったから、ちゃんとわかったはずですよ。なんであんなに焦《じ》れったいんでしょうね？」

祐は腕によりをかけて純朴な安孫子を落としにかかっているらしい。いつになくどこか楽しそうだ。

「……あ、あの、あの、あの、安孫子先生と本気でつきあう気？」

氷川が躊躇《ためら》いがちに訊《き》くと、祐は凶悪な笑顔で本心を明かした。

「姐さんのためなら、可愛い恋人を演じますよ。ご褒美《ほうび》をくださいね」

案の定、祐は安孫子に甘い気持ちはいっさい抱いていない。氷川は冷静に懸念を口にした。

「祐くん、サメくんから聞いたよ」

真蓮と立命会のターゲットに眞鍋組は手を出したくないのだろう、と氷川は言外に匂《にお》わせた。

「行動が早いですね。でも、姐さんを止めようとしても無駄だとわかっているのに懲りない男だ」

祐が氷川の決意を指摘すると、右手をひらひらさせた。眞鍋組の核弾頭という仇名《あだな》をつけただけあって、よく二代目姐を理解している。

「僕は眞鍋組に迷惑をかけたくない。迷惑をかけるつもりはないんだけどね、僕個人で動くのは見逃してほしい」

「姐さん個人で動かれたほうが恐ろしいかもしれません」

祐が青褪《あおざ》めたので、氷川は首を振った。

「そんな危険な手は使わないから安心して」

「小児科病棟にすごい美人の補助看護師が入ったの知っていますか？」

祐がなんの前触れもなくガラリと話題を変えた。

「……え？　小児科病棟の補助看護師は知らない」

「すごい美人のニューフェイスは、立命会の関係者です。安孫子の出会いの相手として真蓮から送り込まれたんでしょう」

真蓮は安孫子包囲網を着実に作り上げているようだ。自然でいてかついい出会いを画策したのだろう。

「そうなの？　それなのに安孫子先生は祐くんに一目惚《ひとめぼ》れ？」

氷川は皮肉な巡り合わせを感じずにはいられない。

「安孫子は職場の女性スタッフを異性として意識していないんでしょう。特に若い美女にはひっかからないように注意していませんか？」

「うん、安孫子先生はそういう先生だよ。真蓮は知らなかったのかな？」

氷川はやり手と評判の真蓮の不手際に首を傾《かし》げた。

「さっき、少し恋愛観について聞きました。安孫子は真蓮にきちんと自分の恋愛観も結婚観も言っています。でも、堅すぎるから駄目だ、視野が狭いから駄目だ、と真蓮に窘《たしな》められたそうです。堅すぎるところを直してあげる、と真蓮に言われたそうです」

君は駄目だ、とあげつらうのは洗脳のセオリーだ。

安孫子がパートナーとして排除していた職場のスタッフに、真蓮は目を向けさせようとしていた。真蓮曰《いわ》く「視野を広くするため」らしい。

「それも真蓮のテクニックのひとつ？」

氷川が食い入るような目で訊くと、祐は馬鹿《ばか》らしそうに鼻で笑った。

「そうかもしれませんね」

「怒りたいんだけど」

氷川は怒りで震えそうになる腕を必死に抑えた。

「安孫子のラブ感情は引きつけておきますから安心してください」

安孫子が真蓮の工作員に惑わされたらおしまいだ。氷川は縋《すが》るように祐をじっと見つめた。

「泣かさないであげてね」

「襲われたら慰めてください」

安孫子に押し倒される覚悟があるのだろうか、祐はか細い声でオスと化した小児科医を示唆した。

「安孫子先生に、そんな度胸はないと思う」

氷川が悲哀を漂わせると、祐は楽しそうに笑った。祐も安孫子に対して同じ見解を持っている。

赤チューリップの特攻は見事だったが、感心するぐらい安孫子は純情でオクテだ。

氷川は祐と別れて医局に戻ると、デスクに積み上げられていた書類に手を伸ばした。けれど、文面が頭に入ってこない。雑念が多すぎるのだ。

氷川は背筋を思い切り伸ばした後、椅子から立ち上がった。集中力がない時は諦めたほうがいい。

氷川は医局から出ると、食堂に向かった。香りのいいコーヒーでも飲んで気分を変えてみる。

氷川が廊下を歩いていると、安孫子が前からやってくる。

「氷川先生、少しいいですか?」

安孫子が躊躇いがちに声をかけてきたので、氷川は明るく返事をした。

「いいですよ」

「あの……病院の裏にある喫茶店でコーヒーでも飲みませんか?」

どうやら、安孫子は込み入った話をしたいらしい。一瞬迷ったが、氷川は慈愛に満ちた笑みを浮かべて承諾した。

ふたりで肩を並べて病院の裏手にある喫茶店に入る。

鉢植えのシクラメンが飾られている喫茶店の客の大半は明和《めいわ》病院関係者だ。時間帯から、ほかに客はいなかった。たぶん、安孫子は空《す》いている時間を狙《ねら》ったのだろう。

オーダーしたコーヒーが運ばれてから、安孫子は思い詰めた面持ちで切りだした。

「氷川先生、僕はもうどうしたらいいのか……」

話の内容に気づいているが、氷川は素知らぬふりで尋ねた。

「どうされたんですか？」

安孫子は窓の外に視線を流した後、壁にかけられている絵画を見つめた。氷川と視線を合わせようとせず、何やら迷っているらしい。

ここまで来て何を躊躇っているんだ、と氷川は心の中で安孫子に言った。仕事で身につけた優しい微笑は崩さない。

コーヒーを一口飲んだ後、ようやく覚悟がついたのか、安孫子は下を向いたままぼそぼそと話しだした。

「僕、どうしましょう。こんな気持ちは初めてです。なんか地に足がついていません。ふわふわと飛んでいるような気がします」

安孫子が初めての恋に戸惑う青少年にしか見えない。顔どころか耳や首まで真っ赤だ。

「まるで恋でもしているようですよ」

氷川がさりげなく話を振ると、安孫子はすごい勢いでテーブルに突っ伏した。当然、こんな安孫子を見るのは初めてだ。

「……こ、これが恋なんでしょうか、初めて彼女ができた時だって、こんなにドキドキしませんでしたよ……」

安孫子は顔を伏せたままくぐもった声で言った。恥ずかしくてたまらないらしい。

「僕に恋の相談ですか？」

「僕はどこかおかしいんでしょうか？　ドキドキする相手が男なんです」

安孫子は同性である男に抱いた恋情に戸惑っているらしい。だが、すでにもう祐への想いが抑えられないようだ。しかし、一歩間違えればスキャンダルになりかねない。こんな相談をするあたり、安孫子は氷川を心の底から信用しているのだろう。

「幸せならば性別なんて関係ないのではないですか」

氷川は感情を込めないようにサラリと言った。幸せならばいいじゃないか、と氷川は自分と清和《せいわ》にも語りかける。男の姐という前代未聞の珍事を受け入れてくれた眞鍋組関係者も同意してくれるだろう。

「男で……おまけに、患者さんなんです。僕は患者さんになんて邪《よこしま》な思いを……医者失格かもしれない」

「患者さんが退院されたら気に病む必要はありません」

退院した患者と街で偶然に出会い、結婚した医師がいる。口が裂けても勧められないが、患者に手を出す妻子持ちの医師もいないではない。

「それもそうですが……その……患者さんっていうのが……あの、その、あの、その、とっても綺麗な……すっごく綺麗で細くて……氷川先生の担当の……村田祐さんなんですが……僕は……どうしたらいいですか」

安孫子本人、何を言っているのかわかっていないのだろう。氷川はぶるぶる震えている安孫子の頭部を眺めながら言った。

「村田祐さん、男の目から見ても綺麗な人ですね」

「はい、初めて見た時はびっくりしました。とても苦しそうでしたが、決して苦しいとは言わず……僕は運命を感じました」

運命、という言葉に氷川は動揺した。真蓮に刷《す》り込《こ》まれた言葉が安孫子を支配しているような気がしないでもない。

「そうですか」

氷川があえて問題の言葉に触れずに流すと、安孫子はむっくりと顔を上げた。前髪がくしゃくしゃで普段より若く見える。

「氷川先生、真蓮という霊能者を知っていますか？　テレビや雑誌にもよく出ています」

真蓮が金を積んで、テレビに出演したのだ。雑誌も真蓮が裏で金を出して特集を組ませている。長引く不況でどの業界も必死だ。結果、金で動く。

「名前は知っています」

看護師や入院患者の間でも幾度となく真蓮に関する会話を耳にした。異常なくらい誰もが真蓮を信じている。

「真蓮先生は本当の力を持った霊能者です。それは僕が保証します」

安孫子は誓うように自分の胸に手を当てて真蓮を称賛した。今、安孫子の神は間違いなく真蓮だろう。

「そうなんですか」

氷川が温和な笑みで答えると、安孫子は鼻息を荒くした。

「その真蓮先生が教えてくれたのです。いい出会いがある、と」

「そのいい出会いが村田祐さんだと？」

氷川はコーヒーカップに手を添え、安孫子を意味深な目で見つめた。

「はい、真蓮先生は、結婚は難しいと仰《おっしゃ》っていました。男同士では結婚できませんから」

妙な巡り合わせがばっちりハマってしまったようだ。氷川は世の中の皮肉を感じずにはいられない。

「そうですね」

「僕、やっぱり運命に従うべきですよね？」

氷川は安孫子の問いに対する明言を避けた。

「村田祐さんについて真蓮先生は何か言っていましたか？」

安孫子のことだから祐について相談しているはずだ。真蓮がどのような反応をしたのか知りたい。

「まだ真蓮先生のところに行く時間ができないのです。今夜、予約をもらったのですが」

安孫子はどんなに心酔していても真蓮の元に日参できない。今でも仕事を第一に掲げている。

「今夜ですか」

「祐さんも一緒に連れていっていいですか？」

安孫子も無理だとわかっていながら訊いているようだ。たぶん、不安に揺れるあまり、尋ねずにはいられないだろう。

「真蓮の元に？」

氷川は目を大きく見開き、大袈裟《おおげさ》に驚いてみせた。

「はい、祐さんも真蓮先生の素晴らしい力で守ってほしいんです。倒れたのは、何かあるのかもしれません」

病気、事故、人間関係、倒産、仕事のミスなど、何かしらのトラブルを霊障に結びつける。安孫子は純粋に祐の身体《からだ》を案じているようだ。

「村田祐さんは完全な過労です。僕は日常生活を聞いて呆《あき》れました」

氷川は厳しい目できっぱり断言した。

「仕事が大変とか？　仕事が大変なのも何かの障《さわ》りかもしれません。土地の障りも恐ろしいそうです」

土地の障りを口にした安孫子は、恐ろしいぐらい真剣だった。なんでも、過去に不幸があった土地に住んでいると害があるらしい。一家惨殺事件《いっかざんさつじけん》があった土地だと知らずに購入し、家を建てた夫婦はそれぞれ重い病にかかったという。

「僕は主治医として村田祐さんの外出を禁じます。彼には休養が必要です。ゆっくり休ませたい」

立命会の息がかかった真蓮のもとへ眞鍋組の幹部が、のこのこと顔を出すわけにはいかない。

「わかりました」

安孫子は一息ついた後、これ以上ないくらい真剣な顔で言った。

「氷川先生、祐さんは僕に好意を持っているのでしょうか？」

氷川の前を矢を持ったキューピッドが飛んだような気がした。

「……は？」

氷川は顎《あご》を外しかけたが、安孫子はどこまでも真剣だった。

「僕は祐さんに好かれているでしょうか？」

「あの、僕に訊かれても困るんですが」

氷川は安孫子の視線から逃れるようにコーヒーを口にした。

祐は安孫子にラブビームを出してやったと言っていた。さっき氷川が見た祐は安孫子に恋をする儚い美青年だった。それなのに、肝心の安孫子は儚い美青年を演じる祐の気持ちに気づいていない。

大学を卒業して以来、安孫子が恋と無縁なのは彼自身に問題があるようにしか思えなかった。

「氷川先生は主治医じゃないですか」

安孫子は唾《つば》を飛ばしつつ、唖然《あぜん》としている氷川を非難した。

「僕は担当患者の恋は知りません。専門は内科です」

前後の見境がなくなっている安孫子に対して、氷川は顎をガクガクさせてしまう。

「真蓮先生に祐さんの気持ちを訊くしかありませんね」

安孫子は大きな溜《た》め息《いき》をつくと、肩を落としてがっくりとうなだれた。真蓮への依存心がだいぶ強い。

いや、真蓮がそうさせたのだろう。

「真蓮先生に訊くより、村田さんに直接訊いたほうがいいですよ。どうして自分で動かないのですか?」

氷川が真上から叩きつけるようにぴしゃりと言うと、安孫子は再びテーブルに顔を伏せ

た。

「そ、そんなっ」

安孫子は祐に気持ちを尋ねることができないそうだ。彼の純情ぶりに氷川は眩暈《めまい》を感じた。

いつまでも喫茶店で話し込んでいる場合ではないが、ふたりはなかなか立ち上がれなかった。

安孫子を呼び出すポケベルで喫茶店を後にする。

氷川は興奮したまま医局に戻った。そして、定時で切り上げた。一刻も早く清和に会って話したかったのだ。清和に話してもどうなるものではないが、サメの登場も気になって仕方がない。真蓮と立命会はそんなに危険なのだろうか。

けれど、こんな日に限って清和がいない。どんなに待っても帰ってこない。

「清和くん、どこで遊んでいるの」

仕事だと頭ではわかっているが、氷川には夜の蝶《ちょう》を侍《はべ》らせる清和が脳裏に浮かんだ。思春期の少年のような安孫子も瞼《まぶた》に浮かぶ。

「僕がここでオロオロしても仕方がないんだけどね」

氷川は自分で自分に言い聞かせながらベッドに横たわった。当直明けなのでさっさと寝たほうが賢明だ。

氷川は愛《いと》しい男の残り香を感じながら、深い眠りについた。

5

翌日の朝、起床時間を知らせる目覚まし時計の音で目を覚ました。隣に愛《いと》しい男はいない。

昨夜《ゆうべ》、帰った痕跡《こんせき》もなかった。

「忙しいのかな」

氷川《ひかわ》は名取《なとり》グループの影に胸を痛めつつ、ベッドから素早く下りた。軽い朝食を摂《と》り、身なりを整える。

送迎係のショウがハンドルを握る車で勤務先に向かう。危機を察知したのか、氷川の隣にはネクタイを締めたサメがいた。

「姐《あね》さん、姐さんのお優しい心はよくわかりました。真蓮《しんれん》と立命会《りつめいかい》は眞鍋《まなべ》組がカタをつけますから、姐さんは決して動かないでくださいね」

外国人に変装してまで外来診察を受けにきたサメの変わりぶりに、どうしたって氷川はついていけない。

「サメくん、昨日言っていたことと違うよ」

「我らは麗《うるわ》しの姐さんに忠義を捧《ささ》げる男です。姐さんのご命令とあれば真蓮や立命会など入っている。

踏《ふ》み潰《つぶ》してごらんにいれますぞ」

眞鍋組は氷川に暴走されるより、ほかの暴力団組織と争ったほうがいい。氷川に頭の上がらない清和《せいわ》の下、サメとリキは苦渋の選択をしたようだ。眞鍋組はすでに臨戦状態に入っている。

「眞鍋組が出たら大騒動になるからいいよ」

氷川が白い手を振ると、サメは畏《かしこ》まって答えた。

「いえ、なにとぞ、拙者《せっしゃ》にお任せあれ」

「サメくん、今日も忍者?」

ここ最近、サメのブームは忍者だ。

「さよう、拙者は伊賀《いが》の忍者でござる」

「戸隠《とがくしりゅう》流はやめたの?」

「信州《しんしゅう》の戸隠はそろそろ寒そうなので伊賀にしました」

季節感を取り入れるサメの芸の細かさに、氷川は声を立てて笑った。だが、運転席にいるショウには、言いようのない緊張感が漂っている。氷川は感情を見事に隠すサメではなく、隠し事のできないショウに意識を向けていた。

サメもそんな氷川に気づいているらしく、必死になってショウから意識を逸《そ》らせようとする。

車内で茶番劇が繰り広げられた。

そうこうしているうちに、紅葉で赤く染まった自然の中に白い建物が見える。氷川は礼を言ってから車を降りた。

昨日、安孫子《あびこ》は真蓮の元に行ったはずだ。祐《たすく》についてどのように言われたのか、氷川は聞いてみたい。


祐の病室に向かうと、目鼻立ちのくっきりした補助看護師が出てきた。名札を見て、氷川は背筋を凍らせる。

患者である祐に何をしたのか、彼女は真蓮と立命会から送り込まれた補助看護師だ。真蓮と立命会にとって、安孫子の心を奪った祐は無用の人物だろう。病死に見せかけて殺す方法はいくらでもある。殺さなくても、精神や身体《からだ》をおかしくすることはできる。真蓮と立命会ならば目的のために手段は選ばないだろう。

「お疲れ様です」

挨拶《あいさつ》をして通り過ぎようとする補助看護師に、氷川はさりげなく声をかけた。

「君は内科病棟のスタッフでしたか？」

「違いますけど、看護師さんから頼まれたんです。患者さんがコールボタンを押されたみたいで。間違って押されたみたいなんですけど」

嘘《うそ》か、本当か、定かではないが、ここでは問い詰めない。氷川は慈愛に満ちた微笑を浮かべた。

「そうですか」

「何か？」

「ここだけの話にしてほしいのですが、内科病棟に女癖の悪い患者さんが入院しているのです。君みたいな美人がいたらほっておきません」

氷川が耳元でそっと囁《ささや》くと、補助看護師は嬉《うれ》しそうに微笑《ほほえ》んだ。彼女の素性を知らなければ、氷川も気に入っていたかもしれない。

「まぁ……」

「内科病棟は気をつけてください」

氷川は仕上げに優しく微笑むと、差し入れが山のように積まれている個室に足を踏み入れた。

祐は白いベッドで目を閉じている。氷川が静かにそばに近寄っても目を開けようとしない。

注射を打たれたのか、何か飲まされたのか、嗅《か》がされたのか、氷川はいてもたってもいられなくなった。

「村田《むらた》祐さん？　お休みですか？」

氷川はベッドの脇《わき》に立ち、小声で祐の偽名を呼んだ。

「……氷川先生」

いつになく弱々しい声が祐の上品な唇から漏れた。

「どうされました？　気分が悪いのですか？」

今の補助看護師は立命会の関係者だ。何をされたの、と氷川は小さな声で続けた。

「……仕事を辞めてください」

祐は息も絶え絶えといった様子だが、口にしたセリフで芝居だと気づいた。迫真の演技に氷川は我を忘れてしまったのだ。

つい、氷川は祐の頰《ほお》を叩《たた》いてしまった。

「もうっ、こんな時にまで何を言っているの」

「寝ていたら、立命会のメス犬がやってきました。何をするのか、寝たふりをして見ていたんですが」

女性を立命会のメス犬という祐の表現を咎《とが》めたりはしない。氷川も憤慨しているのだ。

「何をされたの？」

氷川は祐の細い腕を取り、注射の跡がないか調べた。氷川が主治医として指示した点滴の跡はある。

「俺のポットに何か入れました」

祐はテーブルに置かれている小さなポットを指で差した。たぶん、毒物が混入されたのだろう。

「調べよう。警察に突き出してやる」

氷川はテーブルに近寄ろうとしたが、祐が慌てたように手で制した。

「何があろうとも、警察沙汰《けいさつざた》にしてはいけません」

眞鍋組で一番ビジネスマンらしい祐が、古い極道の仁義を口にした。

「ここは人の命を預かる病院だよ。絶対に見過ごせない」

氷川は医師としての自尊心に懸けて見逃せない。怒りで腸《はらわた》が煮えくり返っている。

「俺を誰だと思っているんですか？」

これぐらいで騒がないでください、と祐は平然とした態度で言った。彼は修羅場《しゅらば》を潜り抜けてきた眞鍋組の策士だ。

「僕の患者さん」

氷川は神経質そうに指で祐の頰を突《つつ》いた。

「俺は白百合《しらゆり》の兵隊ですよ」

「今は僕の患者さんだ」

意地の張り合いならば負けないが、氷川は折れるしかなかった。ポットの湯に何を混入されたのか、院内に潜り込んでいるサメの部下に調べてもらう。現在、イワシが忍び込んでいるらしい。

氷川もイワシは気に入っていた。

「祐くんのガード……あ、付き添いがいい。誰かに付き添ってもらおう。イワシくんに付き添いを頼もうね」

祐に注意を促したが、あまり真剣に取ってくれない。

「やめましょう。今後のミッションでイワシが使えなくなります」

眞鍋組の祐はすでに極道界では名前と顔が知れ渡っている。病棟には祐の素性に気づいている者がいるかもしれない。だからこそ、諜報活動《ちょうほうかつどう》をするイワシをできるだけ傍《かたわ》らにおきたくないらしい。

「じゃ……」

氷川は学生風に見える構成員の名前を挙げたが、祐には即座に却下されてしまった。腕力や体力に自信がないくせに意地を張る。

「立命会の刺客《しかく》に襲われたらどうするの？」

「任せてください」

祐は悠然としていたが、安心できるはずがない。氷川は目を吊《つ》り上《あ》げたが、どうすることもできなかった。

今夜にでも清和に掛け合うつもりだ。

氷川は祐の病室を出ると、ナースステーションに向かった。祐を担当している看護師に、それとなく注意をしておかなければならない。

勤務中だが若い看護師たちは楽しそうにお喋《しゃべ》りしている。氷川もいちいち咎めたりはせず、椅子《いす》に座って入院患者のカルテを開いた。

「氷川先生、ちょっとよろしいですか？」

一番若い看護師に声をかけられ、氷川はカルテを開いたまま答えた。

「はい、どうされました？」

「氷川先生が担当している村田祐さん、独身だって聞きましたけど本当ですか？」

一番若い看護師の頬はほんのりと染まり、目はきらきらと輝いていた。祐への好意を如実に語っている。周りにいる看護師たちも興味津々《きょうみしんしん》といった様子で注目していた。

「……独身だとお聞きしましたが」

氷川が躊躇《ためら》いがちに言うと、一番若い看護師は勢い込んだ。

「本当に彼女はいないんですか？」

「プライベートまで聞いていません」

「あんなに素敵ですから、きっと彼女はいますよね？　私たちに隠しているんですよね？」

若い看護師と祐の間に何があったのか、氷川は想像に難《かた》くない。人気絶頂のアイドルのようなルックスに参ったのは、小児科医の安孫子だけではないのだ。

「僕に訊かないでください」

氷川は冷たくならないように気をつけて言った。言葉ひとつで女性スタッフの恨みを買いたくない。

「氷川先生なら真実を知っているかと思って」

若い看護師たちの視線を一身に集め、氷川は少なからず動揺した。祐くん、陰で何を言っているのかな、と。

「そうなんですか？」

「村田祐さん、すっごく氷川先生を信頼しているみたいで、妹さんの婿になって会社を継いでほしいんですって」

一番若い看護師が屈託ない笑顔で言うと、比較的落ち着いている看護師が興奮気味に続けた。

「妹さん、お見舞いに来て、氷川先生に一目惚《ひとめぼ》れしたみたいですよ。写真で見たけどタレントみたいに可愛《かわい》い妹さんなんです。氷川先生、思い切ってもいいかもしれません」

祐は若い看護師たちを丸めこみ、氷川を退職させようとしていた。氷川は転んでもただでは起きない祐のしぶとさを改めて実感する。記憶が正しければ、祐に妹はいない。どこの誰の写真を使ったのか確かめたくなってしまう。

「僕は医者を辞めるつもりはありません」

氷川が静かに断言すると、若い看護師たちは揃《そろ》って不服そうに唇を尖《とが》らせた。

「祐さんの義弟《おとうと》さんになればいいのに」

「そうですよ、今のご時世、思い切ったほうがいいかもしれません」

「そうそう、現場を知らない奴らが医療業界にいちゃもんつけるし、いつまでもやってられませんから」

氷川が溜め息をついた時、大部屋でナースコールが押されたらしく、一番若い看護師がナースステーションから出ていく。何かが欠如していると感じさせる看護師だが、仕事には率先して励んでいた。

氷川が気を取り直したようにカルテに視線を戻すと、祐を担当している看護師がナースステーションに顔を出す。氷川が口を開く前に声をかけられた。

「氷川先生、ちょっとよろしいですか？」

「はい、どうされました？」

祐を担当している看護師に話があったのは氷川のほうだ。祐に細心の注意を払わせるつもりだった。看護師の目が常に光っていたら、立命会の関係者もそう簡単に仕掛けてこないだろう。祐の食事に毒物を混入させるような危険は絶対に回避しなくてはならない。

「患者さんのことでちょっと……」

祐を担当している看護師に促されて、氷川はナースステーションを後にした。ふたりで肩を並べ、人通りの少ない階段に向かって歩く。

「氷川先生……その……」

いつも活発な看護師が珍しく言《い》い淀《よど》んでいる。

「はい？　何を聞いても驚きませんから教えてください。患者さんが危険物を持ち込んでも驚いたりはしませんよ」

氷川は満面の笑みを浮かべて自分の胸を叩いた。患者が改造拳銃《かいぞうけんじゅう》や手製の忍者グッズを隠し持っていても動じたりしない。

「私……私……実は……」

看護師は目を潤ませて、氷川の腕を摑《つか》んだ。彼女は小柄で氷川の肩までしか身長がなかった。

傍《はた》から見れば独身の看護師と若い医師のラブ現場だ。格好のスキャンダルになりかねない。

「……はい？」

氷川は内心焦りつつ、看護師の腕からさりげなく逃げた。しかし、看護師は縋《すが》るように氷川の白衣を摑む。

「……実は……私は……仕事も好きですけど、結婚にも夢があって……笑われるかもしれないけど、純粋な愛で結婚したかったんです……こんな私、おかしいですか？」

独身の看護師は目をうるうるに潤ませて、自分の結婚観を語り始めた。氷川は彼女の腕を振り切って逃げたい心境だ。

「僕はそちらのほうには疎《うと》いので……」

氷川は辺りを窺《うかが》いながら、質問に対する言葉を濁した。

「氷川先生は私を理解してくれますね？」

仕事熱心だとばかり思っていた看護師の迫力が尋常ではない。刺激するようなことは言わないほうが賢明だ。

「どう理解したらいいのか……」

どうやって逃げるか、氷川は必死になって頭を働かせた。こんな時に限って、呼びだしがかからない。

「運命だと思うんです」

看護師が思い詰めたような顔で不吉な言葉を口にした。今、現在、氷川が最も聞きたくない言葉かもしれない。

「運命？」

「断言してもいい、これは運命です」

看護師に抱きつかれて、氷川は心の底から動揺した。今まで彼女からそういった好意を感じた記憶は一度もない。どうして、なんの前触れもなく突然、告白されようとしているのだろう。

「落ち着きなさい。ここは病院です」

氷川は強引に看護師の腕を振りほどいた。こんな場を病院関係者や眞鍋組関係者に見られたくはない。

不幸中の幸いか、辺りに人はいなかった。

「すみません、神聖な職場だってわかっているんですけど」

「はい、ここは職場ですからね。僕は急いでいるので、失礼しますよ」

氷川はクルリと背を向けたが、涙目の看護師に飛びつかれてしまう。支えきれずに、氷川は白い廊下に倒れた。背後から食らったタックルの威力を実感する。

「……痛」

氷川はしたたかに顔面を廊下に打ちつけた。辛うじて、唇は切れていないようだが、ズキズキと痛むし、背中に張りついた重石《おもし》ならぬ看護師が重い。氷川には看護師を振り落とす力がなかった。

「……氷川先生……駄目……逃げちゃ駄目……」

背中から世にも物悲しい看護師のすすり泣きが聞こえてくる。深夜ならばあまりの不気味さに腰を抜かしていたかもしれない。

「まず、僕から離れてください」

氷川は廊下に倒れたまま、きつい口調で言い放った。こんな場を眞鍋組の関係者に見られたら、嫉妬《しっと》に燃えた清和の冷酷な指示が下されるかもしれない。清和は一般女性相手でも容赦ないだろう。

「氷川先生、聞いてください。私はとうとう運命の人に出会ったんです。やっと王子様が現れたんです」

看護師は氷川の背中から降りながら、甲高《かんだか》い声で捲《まく》し立《た》てた。完全に自分を見失っている。

「……は？」

氷川は廊下に手をついた状態で固まった。

「私の運命の人、患者さんの村田祐さんだと思うんです。協力してもらえませんか？」

祐の名前を口にした時、看護師の目の色はとんでもなくおかしかった。違う世界の住人にしか見えない。

「……君、村田祐さんがお目当てですか」

よく考えてみれば僕はそんなに女性にはモテない、と氷川はほっと胸を撫《な》で下《お》ろした。

祐が相手ならば、清和に抹消される危険はないだろう。一気に緊張が解けた。いや、安心している場合ではないのだが。

「はい、絶対に彼が私の運命の人です。ウルトラスーパー霊能者の真蓮先生もそうだって言ってくれました。なのに、ほかの看護師も狙っているんです。私と運命の人の邪魔ばかりするんです」

感極まったのか、看護師はしゃくりあげた。

「……運命の人ですか」

「彼、私のこと……可愛い、って言ってくれたんですよ」

絶対に祐くんはどの看護師にも言っている、と氷川は心の中で突っ込んだ。

真面目《まじめ》だと思い込んでいた看護師の知らなかった一面に驚くしかない。氷川はよろよろと立ちあがると、泣きじゃくっている看護師を置いて逃げた。今の彼女を諭す自信は毛頭ない。

祐くん、どうする気なの、と氷川は祐に心の中で問いかける。真蓮なる霊能者にも、より強い憤《いきどお》りを感じた。運命だとか宿命だとか簡単に口にするな、もう他人の人生にあれこれ言うな、と氷川はまだ見ぬ真蓮に文句を連ねる。

結局、信じてしまうほうが愚かなのかもしれない。騙《だま》されたほうも馬鹿《ばか》なのだ。氷川が溜め息をつきながら歩いていると、外科医の深津《ふかつ》がスーツ姿の男を卍固《まんじがた》めで押さえ込んでいた。一瞬、目の錯覚かと思ったが違う。

「ふ、深津先生？」

氷川が啞然《あぜん》として立《た》ち竦《すく》むと、激昂《げっこう》している深津に怒鳴られた。

「何をやってんだ、さっさとこいつを押さえろ」

「は、はいっ」

どこかの誰かが錯乱したのか、不審人物か、氷川は言われるがまま、スーツ姿の男の肩を手で押さえた。

「いいかげんにしろよな、なんでも霊だの前世だの因縁だの方角だの、そんなもんでカタがついたら世の中はもっと生きやすいさっ」

深津は凄《すさ》まじい形相でスーツ姿の男を罵《ののし》った。

「深津さん、そのカっとなるのはいけません。その性格でだいぶ損しています。私が直してあげましょう」

スーツ姿の男は深津に凄まじい目で睨《にら》みつけられても平然としていた。たいした根性と自制心の持ち主だ。

「インチキヒーラー、何を偉そうに言ってんだ。俺の患者にむちゃくちゃ吹き込むのはやめてくれ。手術しないと死ぬぜっ」

深津はスーツ姿の男を押さえ込んでいた腕にますます力を込めたようだ。怒りが抑えられないらしい。

　氷川はハラハラしていたが、どうすることもできなかった。今はじっと見守るしかない。

「私の力で直してさしあげます。それに、ご先祖が手術をしなくてもいいと……いいと告げているのです。先祖供養をしっかりすれば病気は治ります」

「馬鹿野郎、先祖供養なんかで病気が治るかっ」

　深津の患者がヒーラーに心酔し、直前に迫った手術を拒否したようだ。患者はヒーラーの勧めに従って、病院を変えるとまで言いだしたらしい。患者に転院などで体力を消耗させたくない。

　深津が怒るわけが氷川には理解できる。

「深津さんが怒りっぽいのは鬼がついているからです。鬼がついている人間は怒りっぽいんですよ。私なら鬼をとってあげられます。私はあなたも助けてあげたい」

　ヒーラーが示唆した鬼という存在に、氷川はポカンと口を開けたが、深津は不敵にニヤリと笑った。

「俺が鬼ならキサマはなんだ？　患者は独身で家族もいないよな？　俺の患者を殺して、遺産をもらうつもりか？　そういう手筈《てはず》ができているのか？」

　深津は畳みかけるようにスーツ姿のヒーラーを罵倒《ばとう》した。その内容に氷川の背筋が凍り

つく。

「なんの根拠があってそんないいがかりをつけるのですか？　名誉棄損で訴えますよ」

スーツ姿のヒーラーはいかにもといった優しそうな中年男性だ。とてもじゃないが、深津が罵倒するようなひどい男には見えない。

それでも、氷川は深津を信じている。今までの経験上、本当の悪人はワルには見えないものだ。

「訴えろよ、キサマに騙されている客の目も覚めるさ」

深津は裁判も厭《いと》わない覚悟だ。

「あなたは悲しい人ですね。私が浄化してあげましょう」

あくまで善人ぶるヒーラーにブチ切れたのか、深津は恐ろしい目で低く呟《つぶや》いた。

「キサマを殺しても罪にはならねぇな」

深津の言動がエスカレートする前に止めたほうがいい。氷川が意を決して口を挟もうとした時、呼ばれていたのか、ベテラン看護師長と外科部長が足早にやってくる。背後には初老の警備員がいた。

氷川はほっと胸を撫で下ろす。

「深津先生、殴ってないわね？」

ベテラン看護師長が開口一番、確かめるように深津に尋ねた。

「殴りたかったけど、殴ってはいません。インチキヒーラーが勝手に転んだんです。これこそ天罰だ」

深津が憮然《ぶぜん》とした面持ちで言うと、ベテラン看護師長だけでなく傍らにいた外科部長も安堵《あんど》の息を漏らした。

ヒーラーはベテラン看護師長と外科部長、初老の警備員が連れていく。院長か副院長も同席して話し合われるのだろう。

空前のスピリチュアルブームのせいか、こういった出来事は珍しくなくなってきた。病院側も頭を悩ませている。

氷川は憤懣《ふんまん》やるかたないといった深津の肩を叩く。

「深津先生、お気持ちはわかります」

「あのヒーラー、患者を騙している自覚がないのか？　本当に患者のためだと思っているのか？」

どんなに罵倒されても、ヒーラーは顔色を変えなかった。見事な自制心だ。もしかしたら、本気でそのように思い込んでいるのかもしれない。自分は立派なヒーラーだ、と。人を助けるのが使命だ、と。

「パーソナリティ障害かもしれませんね」

「おかしいのが増えたな」

深津が忌々しそうに白い壁を叩いたので、氷川は慰めるように広い背中を摩《さす》った。

「はい」

「……で、安孫子先生はおかしいのか？」

ヒーラーで思いだしたのか、深津は沈痛な面持ちで安孫子の名前を口にした。爽《さわ》やかな彼の周りの空気が重くなる。

「……何かあったんですか？」

氷川は胸に手を当てて恐る恐る安孫子について訊いた。間違いなく、昨日、真蓮に何か衝撃的なことを告げられたはずだ。

「看護師から聞いたんだが、朝からそわそわしているみたいだぜ？　滅多《めった》にしない凡ミスを繰り返しているそうだ。独り言もすごいらしい」

異常な状態の安孫子を語る深津には、生理的な嫌悪《けんお》がありありと表れていた。しかし、安孫子自身を嫌っているわけではない。

「真蓮関係ですか？」

氷川が探るように言うと、深津は口元を歪《ゆが》めた。

「それ以外にあるか？」

確かに、安孫子の絶不調の原因は真蓮しかないだろう。氷川は胸が痛くてたまらなくなった。

ぱいなのだろう。

「心配ですね」

「氷川先生には心を開いているみたいだから頼んだぜ」

深津は関《かか》わりたくないのか、氷川の肩を叩くと去ってしまった。自分の患者で手がいっぱいなのだろう。


氷川はスピリチュアルブームが憎たらしくなってしまった。

渡り廊下を力なく歩いていると、スタッフに扮《ふん》した眞鍋組のイワシが立っている。ここは名取《なとり》グループ関係者に拉致《らち》された場所だ。

「いい天気ですね」

氷川はなにげない挨拶をした後、イワシの耳元にそっと囁いた。

「祐くんをガードしてほしい」

「わかっています」

イワシは神妙な顔つきで一礼した。

「もう、秘書でも従弟《いとこ》でもなんでもいいから、祐くんに付き添ってほしい。祐くんが拒否しても張りついて」

氷川は祐が心配でならなかった。これでは祐を太らせるどころか、ますます痩《や》せさせてしまう。

「祐さんに盗聴器を持ってもらいました。何かあれば動きます」

イワシはすでに手を打っていた。

「盗聴器？　どこかで車が待機しているの？　イワシくんのほかに誰がいるの？　今日はイワシくんひとりだって聞いたよ」

生い茂った草木の向こう側に、眞鍋組の車が停《と》められていた。病院からは見えないだろう。

「はい、今日は俺ひとりです」

「さっさと盗聴器が聞こえるところに戻って」

氷川はイワシの腕を勢いよく引っ張った。

「先ほどから安孫子が祐さんのそばにいるから大丈夫ですよ」

イワシは一息ついてから、病院を見上げて言った。

「聞いていられません」

イワシはほんのりと染まった顔を右手で覆う。当然、こんなイワシを見るのは初めてだ。

「安孫子先生？　聞かせて」

氷川が声を弾ませると、イワシは腰を抜かさんばかりに驚いた。

「……え？　聞くんですか？」

「聞かないでどうするの」

氷川はイワシを促して、草木の向こう側に停めていた車に入った。中にはそれらしい機械が設置されている。

イワシが真剣な顔で操作すると、安孫子の声がスピーカーから聞こえてきた。

『僕は昔から不器用で……』

『そこがいいところでしょう？』

祐の声はこれ以上ないというくらい甘くて、不夜城をしたたかに泳ぎ回っている男とは思えない。

イワシはいたたまれないのか、なんとも形容しがたい顔でじっとしている。

『そんなことを言ってくれるのは君だけだ。看護師たちも大騒ぎしているけど、君はモテるんだろうね』

安孫子も祐をめぐる看護師の攻防戦は知っているようだ。確か、小児科の看護師も祐に夢中になっていた。総務部の女性の間でも評判になっているらしい。祐のプライベートをあれこれ探ろうとする女性スタッフもいるそうだ。

『モテないとは言いません。けど、鬱陶《うっとう》しいだけですよ』

『鬱陶しい？』

『僕は女性がどうしても好きになれない』

祐が核心に迫ると、安孫子は動揺したようだ。ふたりの表情が氷川には容易に想像できる。

『そ、そ、それは……？』

『母親がどうしようもない女だったからかもしれません。生涯、僕が女性と結ばれることはないでしょう』

嘘はついていない。祐は母親の影響で女性に好意が持てないらしい。かといって、同性愛者でもない。

氷川はいろいろな意味で祐の複雑な心に気づいていた。だからこそ、口ではなんだかんだ罵りつつも、頑固なまでに一途《いちず》な昔気質《むかしかたぎ》の男のそばにいるのかもしれない。清和やリキも基本的には苛烈《かれつ》なまでに真っ直《まっす》ぐだ。

『そ、そうなのか』

『女性に生まれたかったと思ったことは一度もありませんが、今、僕は女性が羨《うらや》ましくてたまりません』

いざとなれば祐は平気で真っ赤な嘘をつく。

『どうして？』

『女性がお好きなんでしょう？』

祐は悲しそうな声で安孫子を落としにかかったらしい。きっと、喩《たと》えようのない色気を発散させているだろう。

イワシはじっとしていられないらしく、もぞもぞと背中を掻《か》いていた。

『う、うん、女性は好きだけど……仕事で知り合った女性は女性ではないし、そういった対象の女性も長らくいないし、このままだと女性とは無縁のような気がするけど、それでもべつに構わない……うん、女性はべつにいいんだ』

安孫子はしどろもどろになりながら、言葉を闇雲《やみくも》に繋《つな》げた。首まで真っ赤にしているに違いない。

安孫子先生、倒れないでね、と氷川は左右の手を固く握って応援した。

『女性はもういいんですか？』

『僕は医者と結婚したいという女性があまり好きじゃない。彼女たちは医者の仕事を理解しているわけじゃないからね』

安孫子がしんみりした様子で言うと、祐は上擦《うわず》った声を出した。

『医師の免許がなくてもモテたはずですよ』

『いや、僕はモテなかった』

『モテモテだったとしか思えないんですが？　僕が女性だったら追いかけ回していましたよ』

どこからそんなセリフが出てくるのかな、と氷川は恋する乙女を演じている祐に感心してしまう。彼の特技は汚いシナリオの実行だと思い込んでいた。

『そ、そうか?』

安孫子には今にも卒倒しそうな雰囲気を感じる。せいいっぱいの矜持《きょうじ》でもちこたえているのだろう。

『男でも追いかけ回したい気分です』

祐がしっとり告げると、安孫子の呼吸が乱れた。

『……ふ、ふふ、ふっ、ふふ、ふんっ、う、うん、そうだよね、男でも追いかけ回したり、追いかけ回されたり、いいよね? そういうのも本当にいいよね?』

『男同士の恋に偏見をお持ちではないですよね?』

『そ、そ、そ、そ、そ、そ、そんなものは持っていないよ。日本ではイギリスのように男色が禁じられた歴史はないんだ』

イワシは逃げるように外を見つめ、決して氷川と視線を合わそうとはしない。氷川は甘酸っぱい恋物語を聞いているような気がする。役者が祐でなければ、本気の恋だと騙されていたかもしれない。

「姐さん、スイッチ切っていいですか? 濡《ぬ》れ場《ば》が始まったら困ります」

とうとう耐えられなくなったのか、イワシは弱音《よわね》を吐いた。

「始まらないと思うから安心して」

氷川が笑顔で断言すると、イワシはスピーカーを指した。相変わらず、祐は甘く誘っているが、安孫子の返答は滑稽《こっけい》なくらい要領を得ない。今にも過呼吸で倒れそうな気がしてならなかった。

「ここまできたら濡れ場が展開されるんじゃないですか？」

「君、眞鍋の男だね……」

氷川が口元に手を当てて軽く笑うと、イワシは目を丸くした。

「はい？　眞鍋の男ですが？」

氷川には安孫子の行動が手に取るようにわかる。安孫子について自信たっぷりに言い放った。

「どんなに甘い雰囲気になっても、どれだけ祐くんがラブビームを発射しても、安孫子先生は襲えないと思う」

安孫子は祐に見惚《みと》れるだけで、自分からは手も握れないはずだ。脈は測れるかもしれないが。

「職場だからですか？」

「それもあるかもしれないけど、たぶん、外でデートしていても安孫子先生からホテルに誘えない。キスもできないと思う」

眞鍋組の特攻隊長ならば隙《すき》あらば女性にキスのひとつもするだろう。すかさず、どこかに連れ込むはずだ。

「堅物なんですか？」

イワシは自分なりに安孫子の性格を整理しようとした。けれど、彼の表現はあまりしっくりしない。

安孫子はカチカチの石頭というわけではないだろう。

「本人も言っていたけど、とことん不器用なんだと思う。特に恋愛方面は最低に駄目なんだ」

偏差値の高さとは裏腹に恋愛能力が著《いちじる》しく低い男は多い。

「祐さんが襲うしかないんですか」

イワシが腕組みをした体勢で唸《うな》ったので、氷川は長い睫《まつ》毛《げ》に縁取られた目を大きく揺らした。

「祐くん、そこまで持ち込む気なの？」

祐は安孫子をどうするつもりなのか、氷川には想像できない。

「俺にわかるわけないでしょう。祐さんはまったくわかりません……姐さんよりはマシかもしれませんが」

イワシは慌てたように胸の前で両手を振った。

「イワシくん、一言多いよ」

氷川がしかめっ面《つら》で文句を言うと、イワシは軽く頭を下げた。

「すみません、つい、本音が……」

「だから、一言多いんだってば」

氷川が苦笑を漏らしながら、イワシの前髪を引っ張った。

「祐さんとは思えないラブトークにやられました。勘弁してください」

イワシの複雑な思いをよそに、祐と安孫子のトークは続いた。ふたりが唇を重ねた気配はない。


夕方の六時すぎに氷川はロッカールームからショウにメールを送った。白衣を脱いでいると、安孫子がひょっこりと顔を出す。

「……氷川先生」

安孫子は地獄を潜り抜けたような顔をしていた。

「安孫子先生、どうなさいました？」

氷川がにっこり微笑むと、安孫子は急に話しだした。

「昨日、真蓮先生のところに行ったんですが、祐さんのことを話したんです。そしたら、そうしたら、真蓮先生は祐さんのことを……」

情緒不安定なのか、安孫子はいきなり沈痛な面持ちで黙りこくった。彼自身、ジェットコースターに乗っている気分なのかもしれない。

「真蓮先生になんて言われたんですか？」

氷川は白衣をハンガーにかけつつ、優しい声音で安孫子に尋ねた。今日、一番知りたかったことだ。

「やめろ、と言われました」

安孫子には地獄の審判を受けたような雰囲気があった。

「やめろ？」

「はい、祐さんは悪だと……」

安孫子はどこか遠い目で真蓮とのやりとりを語りだした。

『僕、この人が運命の相手じゃないかと思うんですけど』

安孫子が祐について尋ねると、真蓮は激昂したという。

『こんな人はやめなさい。不幸になるだけですよっ』

真蓮のあまりの剣幕に、安孫子は困惑したそうだ。

『そうなんですか？』

『不幸になりたければ勝手に不幸になってちょうだい。だけど、私の目の前で不幸にならないでほしいわ。私を信じられないならもうここには来ないで』

真蓮は安孫子を切り捨てようとしたらしい。当然、真蓮に心酔している安孫子は怯《おび》えた。

『……真蓮先生』

『どうしてこんなワルにひっかかるのよ。自然がいいの、自然が。私が自然な出会いを守護霊にお願いしているのよ。私は今まで何千人という人を助けてきたのよ』

自然がいい、も真蓮のみならずこの業界の常套句《じょうとうく》だ。自分で勝手に自分の業績を捏造《ねつぞう》するのはどの業界でもある。

『……は、はい』

『個人の考えを出すと災難を受けます。なんでも私に言いなさい。なんでも』

安孫子を支配しようとする真蓮の言葉が楔《くさび》のように打ち込まれたようだ。

『……はい、わかっています』

『こんな悪いのにひっかかるなんて、安孫子さん、あなたが悪いのよ。あなたが悪いから村田祐さんみたいなワルが近づくのよ』

昨夜、安孫子は真蓮に延々と怒られたそうだ。真蓮の言葉に逆らってドン底の不幸になった人物の話もさんざん聞かされたらしい。語り終えた安孫子は、大きな溜め息をついた。

裏を知っている氷川は歯痒《はがゆ》くて仕方がない。

「それで？　安孫子先生はどうするんですか？」

氷川は安孫子に自分の意思を持たせたかった。いや、以前は確固たる自分の意思を持っていたのだ。真蓮の呪縛《じゅばく》から解き放ちたい。

「真蓮先生に院内で素敵な女性が僕に恋をしていると予言されました。そちらの女性と結ばれたほうが僕は幸せになるそうです」

真蓮はきっちりと院内に潜り込ませた工作員について言及している。勝手に祐に恋をした安孫子に慌てたのかもしれない。

「安孫子先生はどうしたいんですか？」

氷川は食べ物の好き嫌いを訊くようにサラリと尋ねた。

「……え？」

安孫子は質問に戸惑ったのか、上体を揺らしている。

「安孫子先生の気持ちです。村田祐さんと院内にいる素敵な女性、どちらがいいんですか？」

氷川が懇切丁寧に言うと、安孫子は白い天井を見上げた。

「院内にいる素敵な女性……女優みたいな美人だって聞きましたけど、どんな女性か知らないので……誰かまったくわからないし……」

「それで？　真蓮先生に言われたから、村田祐さんを諦《あきら》めるのですか？」

氷川はイライラしたが、優しい笑顔は絶やさない。そもそも、今日、祐と安孫子は甘い言葉を交わしている。真蓮に縛られていたら、祐のそばには近寄らなかっただろう。氷川は一縷《いちる》の望みをかけた。

「村田祐さん……僕を好きでしょうか？」

安孫子は白い天井から固い床に視線を落とした。

「……は？」

氷川は口をポカンと開けたが、安孫子はどこまでも真剣だった。

「ぼ、僕は村田祐さんが好きなんですが……真蓮先生の力に頼って祐さんと幸せになりたいんですが、僕のことをそういう意味で好きになってくれるでしょうか？」

イワシを赤面させたラブトークを展開したのは、ほかでもない祐と安孫子だ。いくら祐に煽《あお》られたとはいえ、卒倒せずに接していたはずだ。

安孫子には祐を押し倒す度胸がないとわかっていた。祐に甘くねだられても、キスさえできないとは踏んでいた。だが、ここまで鈍いとは思っていなかった。鈍いというのではなく、どこかのネジが外れているような気がしないでもない。この外しっぷりは安孫子が生まれ持ったものだろう。

「好かれているんじゃないのですか？」

祐は全身で好意を表していたはずだ。氷川は祐の言動を思いださせるように、感情を込めて言った。

「好かれている、と僕が勝手に思い込んでるのかもしれない」

恋をする生真面目な秀才は誰よりも臆病《おくびょう》なのかもしれない。安孫子は辛《つら》そうに頭を抱えている。

「村田祐さんに確かめたらどうですか？」

「そんな恐ろしいこと、できませんっ」

安孫子は真っ赤な顔で叫ぶと、その場にしゃがみ込んだ。霊能者や占い師ではなく、恋愛カウンセラーの必要性を強く感じてしまう。

「僕は村田祐さんも安孫子先生にそういう意味で好意を抱いているようにしか思えないんですが？」

安孫子を真蓮から引き離すためには、祐に頑張ってもらうしかないかもしれない。氷川は祐に賭《か》けた。

「氷川先生の気のせいかもしれませんよ」

「そうかなぁ？　看護師さんからもいろいろと訊かれていて、村田さんに恋人関係を尋ねました。ここだけの話、彼は女性を受けつけないみたいです」

氷川は安孫子のそばに膝をつき、内緒話とばかりに耳元にそっと呟いた。

「……あ、それは僕も聞きました」

「安孫子先生は本当に独身か、恋人はいないのか、過去にどんな恋人がいたのか、村田さんから安孫子先生のプライベートを根掘り葉掘り訊かれました。安孫子先生みたいなタイプが好みだそうです」

僕がバラしたことは内緒にしておいてくださいね、と氷川は悪戯《いたずら》っ子《こ》のように続けた。

「そ、そうなんですか？　ぼ、ぼ、ぼ、ぼ、僕がタイプ？」

安孫子がゆでダコに見えたが、氷川は噴きだしたりはしない。

「はい、たぶん、村田さんは安孫子さんをちゃんと理解して、好意を抱いているのだと思いますよ」

「……本当の僕を知ったら幻滅されるかもしれない」

上がったり、下がったり、感情の起伏が目まぐるしい。安孫子の頭の中がどうなっているのか、氷川は覗《のぞ》きたくてたまらなかった。第一、今からそんな心配をしてどうしようというのだ。

「安孫子先生、そういうのは同棲《どうせい》を決める前に考えたらどうですか？」

「ど、同棲？　そんなのできないっ」

うわーっ、と安孫子は耳まで真っ赤にして床に突っ伏した。ゴンゴンゴン、と自分で頭を固い床に打ちつける。痛いだけだというのに。

「一緒に暮らしたいと思いませんか？　それもそれでいいかもしれませんが」

氷川の言葉を遮《さえぎ》るように、安孫子は地面に向かって叫んだ。

「そんなの、一緒に暮らしたいに決まっているでしょう。僕、一生懸命頑張ります。でも、あんな綺麗な人と同棲なんかしたら緊張の連続で僕は死んでしまうかもしれない。ど、どうしよう……」

安孫子は言うだけ言うと、白目を剥《む》いて倒れてしまった。ピクリとも動かない。

「安孫子先生？　安孫子先生？」

氷川は安孫子の身体を揺さぶったが、なんの反応もない。同棲という夢を見て、思考回路がショートしてしまったらしい。

「今時、こんな天然記念物がいるんだ。国宝に指定したい」

氷川は安孫子の脈を確かめると、大きく息を吐いた。安孫子をなんとかしなくてはならない。

氷川は安孫子の額に水で絞ったタオルを載せた。ロッカーに入れていたスポーツドリンクを口に含ませる。

安孫子はすぐに目を覚ました。

「……ひ、氷川先生……ここは天国ですか？」

安孫子の目は虚ろで舌も回っていない。

「残念ながら、ロッカールームです」

氷川は安孫子の額に載せていたタオルで口元も拭《ふ》いてあげた。

「僕、僕……」

「村田祐さんに対する気持ちはよくわかりました。ふたりで幸せになれますから安心してください」

氷川は真蓮に張り合ってきっぱりと断言した。安孫子の脳裏に植えつけられた真蓮の言葉を消したい。

「そ、そうですか」

「はい、祐さんも安孫子先生が好きですからね」

氷川は覚醒《かくせい》させるように安孫子の頬を濡れたタオルで叩いた。

「ゆ、夢みたい」

安孫子は嬉しそうに目を潤ませた。

「今日はもう帰りなさい」

「はい」

自分を取り戻したのか、安孫子は素直に立ち上がった。ロッカーを開けて、白衣を脱いだ。スーツの上着のポケットから携帯電話を取りだし、真剣な顔でチェックしている。

「……あ、真蓮先生からだ」

真蓮から留守番メッセージが吹き込まれていたらしい。安孫子の態度は一瞬にして真蓮の信者になった。

氷川が目の前にいるにも拘《かかわ》らず、安孫子は携帯電話の返信ボタンを押した。真蓮に連絡を入れるように指示されていたらしい。

「……真蓮先生、いつもお世話になっております。安孫子です。……はい、お電話に出られなくて申し訳ありません。勤務中でした……はい……はい……あ、その……祐さんは……え？　……どうしたら……はい……はい……え？　またですか……いつですか？……はい、ありがとうございます。明日、伺わせていただきます。ご連絡、ありがとうございました」

安孫子は携帯電話を切った後、力なく崩れ落ちた。

「安孫子先生、どうされたのですか？」

「……僕の守護霊が僕に怒っているそうです。せっかくいい出会いを授けたのに、悪人にひっかかったって……祐さんには大蛇がついているそうです。大蛇がついた人間は金に汚いそうです」

安孫子が祐への想《おも》いを断ち切らないので、真蓮は業《ごう》を煮やしたのかもしれない。新たな作戦に出たようだ。

「守護霊も大蛇も僕には見えません」

大蛇の説が真実ならば、取《と》り憑《つ》かれているのは祐ではなく真蓮だろう。腹立たしくていてもたってもいられない。

「普通の人間には見えないんですよ……それで、それ、それで、また僕に災難が降りかかる……そうです。なんだろ？　また電話かな？　窓ガラスが割られるだけですまないのかな……」

災難ならばいくらでも作れる。氷川は怒鳴りそうになったが、咄嗟《とっさ》に口を噤《つぐ》んだ。こうなったら、身体を張るしかない。氷川は腹を括《くく》った。

「安孫子先生、災難が降りかかるのはいつですか？」

「……すぐ目の前に迫っているらしい。明日、真蓮先生のところに行くことになりました。僕のために特別に時間を空けてくれたそうです」

安孫子に最高の恐怖を与えるため、今夜のうちに工作員はしかけるだろう。そのうえで、明日、安孫子に説教をするつもりだ。

「ならば、今夜は病院に泊まり込みましょう。何かあった時に対処できるように」

運よくというか、当直は若手外科医の深津だ。いざとなれば、率先して協力してくれるだろう。

「……氷川先生？」

安孫子は理解できないらしく、豆鉄砲を食《く》らった鳩《はと》のような顔をしている。

「災難が降りかかるのならば対処法を考えましょう」

天災ならば手の打ちようがないが、人災ならば対抗できる。氷川は静かに闘志を燃やしていた。


「……守護霊の罰だから仕方がない」

安孫子の精神は真蓮という毒に侵されきっている。以前ならば絶対にこのような泣き言は口にしなかった。

「本当の守護霊ならば何があろうとも安孫子先生を助けてくれるのではないですか？　罰なんて与えないと思います」

「僕を成長させるためにわざと困難を授けることもあるとか」

なんでも真に受けるところが、安孫子の最大の欠点だ。少しは疑ってほしい。

「安孫子先生、僕たちは医師です。職場で災難を食らっても成長なんてしません。行きますよ」

氷川は真蓮の横槍《よこやり》を防ぐために安孫子の携帯電話の電源を切った。手早く、彼に白衣を着せる。

「弱い奴は辞めろ、という医者の世界を忘れましたか？　災難をじっと待っているような弱い奴ならば医師免許を返上しなさい」

氷川の静かな迫力に安孫子は圧倒されているようだ。優しくておとなしい医師だと思い込んでいたらしい。

「……氷川先生」

「行きますよ。黙って僕についてきなさい」

氷川は再び白衣姿になって決戦に挑む。

ショウにはすでに簡潔なメールを送った。

夜間受付にいる警備員にもそれとなく声をかけておいた。安孫子のメンツを考え、非科学的なことは口にしない。

「安孫子先生は優秀ですから、医者になりたくてなれなかった男に、どうやら妬《ねた》まれているのではないかと……そんな話をチラリと耳にしまして」

氷川は安孫子が害を受ける理由をでっち上げ、白髪の警備員に告げた。

「ああ、そういう話は今までに何度か小耳に挟んだことがあります。医大を何回も落ちた浪人生が若い医者を妬んで、悪質な悪戯をしたとか」

医師に対するやっかみは、白髪の警備員も心当たりがあるらしい。安孫子に同情するように頷《うなず》いた。

「はい、何か異変があったらすぐに連絡をください。こちらも対処しますから」

氷川は当直室で仮眠を取っていた深津も訪ねた。

「深津先生、出番です。不審人物が現れたら好きなだけ切ってください。麻酔なしで盲腸を摘出しても構いません」

氷川は深津に興味を抱かせるように言った。

「優しい氷川先生、どうした？　……安孫子先生、また何かあったのか？」

深津は胡坐《あぐら》をかくと、氷川の背後で小さくなっている安孫子を見つめた。

「かの真蓮先生から安孫子先生は予言をいただいたそうです。災難を受ける、と」

氷川が皮肉交じりに言うと、深津は端整な顔を歪めた。

「災難？　今夜か？」

「今夜あたりじゃないでしょうか？」

来るなら今夜に来い、と氷川は心の中で真蓮と立命会に力んでいた。当直が深津の夜に片をつけたい。

「真蓮先生サマか？　どんな災難だ？　また窓ガラスが割れるのか？　今回はパワーアップするのか？」

深津は茶化したように手をひらひらさせた。見えない世界に対する凄《すさ》まじい嫌悪を隠そうともしない。

安孫子は不快そうにしたが、非難は口にしなかった。今の立場をよく弁《わきま》えている。

「災難としか教えてくれないそうです」

「病院が倒産でもしない限り、災難とは言わないいんじゃないのか？　脅迫電話や窓ガラスぐらいで災難とは言わねぇよ」

深津がニヤリと笑ったので、氷川は両手を合わせて称賛した。

「深津先生、頼もしいお言葉です」

氷川は当直室を出た後、小児科病棟に向かう。安孫子が担当している幼い患者の無事を確認した。

患者に害を与えられることが何よりも恐ろしい。

小児科病棟の廊下に置かれている長椅子に、氷川と安孫子は腰を下ろした。辺りは静まりかえっている。

遠足に行きたい、と安孫子に抱きついて駄々をこねた男の子は安らかに寝たようだ。可哀相《かわいそう》で見ていられなかった。小児科医は精神的にも肉体的にもきつい。

一時間経った後、氷川と安孫子は静かな足取りで病棟を回る。不審者がいないか、必死になって目を光らせた。

内科病棟にいる祐の個室の前にも行く。立命会の魔の手は伸びていないようだ。何か危険があれば、イワシが助けてくれると信じている。

もしかしたら、今、現在、イワシ以外で眞鍋組の関係者がガードについているのかもしれない。ショウもどこかで守ってくれているかもしれない。氷川にはそんな予感があった。

安孫子は沈痛な面持ちで深夜の病棟を眺めている。

「守護霊様、罰なら僕が受けますから子供たちを守ってください。祐さんも守ってください」

安孫子は心の中で祈ったつもりらしいが、氷川の耳にもはっきり届いた。首根っこを摑まえて説教したい。だが、今は無理だ。

まんじりともせず、夜が明けていった。

6

拍子抜けするほど何もなかった。

窓から鈍い朝陽が射し込んだ頃、氷川《ひかわ》は胸を張って勝利宣言をした。

「安孫子《あびこ》先生、何も起きなかったじゃないですか」

「今夜かもしれない。ちょうど日曜日だし……」

安孫子は無事に夜が明けても表情が暗い。

「顔でも洗って、何か食べますか」

まだ食堂や売店は開いていないが、医局には即席のカップラーメンやレトルトのカレーがある。差し入れの焼き菓子の詰め合わせやチョコレートは山ほどあった。気分転換に近くの喫茶店にモーニングセットを食べに行くのもいい。

「はい」

氷川と安孫子が顔を洗っていると、当直明けの深津《ふかつ》が伸びをしながらやってきた。

「おい、何も起こらないじゃねぇか、待っていたのにどうしてくれる」

深津が食《く》ってかかってきたので、氷川はタオルを手にしたまま答えた。

「深津先生、災難を待っていたんですか？」

「当たり前だろ」

深津は力強く断言したが、安孫子は泣きそうな顔をしていた。氷川は苦笑を漏らすしかない。

「安孫子先生、もう災難だとか、守護霊だとか、手相とか、方角とか、間取りとか、よけいなことは考えるな。そんな変なモンに振り回されていたら生きていけない」

関《かか》わりたくないと言っていたくせに、深津は安孫子を思って諭そうとした。氷川も深津に同意するように大きく頷《うなず》く。

しかし、安孫子は恐ろしいぐらい真摯《しんし》な目で首を振った。

「深津先生、私たち人間は生きているのではなく、生かされているのです。考え違いをしてはいけません」

安孫子は真蓮《しんれん》から叩《たた》き込《こ》まれた思想を口にした。

ちなみに、真蓮はどこかの思想を自分の主張として世間に広めている。宗教や聖人の伝説は頭に叩き込んでいるらしい。

「そういうしみったれた意見は聞きたくもねぇ。この世の中は生きるか、死ぬか、それだけだ」

深津は外科医らしい持論を勢いよく披露した。

「深津先生、なんて傲慢《ごうまん》な」

安孫子が面と向かって非難すると、深津は語気を一段と強めた。

「俺は自分の力で生きて自分の力で死ぬ。何事も自分の考えで決めて行動する。自称・霊能力者なんかの指図を受けて人生を狂わせねぇ」

深津が真蓮をそれとなく批判すると、安孫子は目を吊《つ》り上《あ》げた。

「真蓮先生を侮辱するのはやめてください。たくさんの人を助けているのですよ」

「たくさんの人を助けている証拠は？　ただ単に真蓮の周りの人間が言っているだけだろう」

威嚇しているわけではないだろうが、深津は腹立たしそうに足を踏みならした。

「真蓮先生が助けた人から直《じか》に聞いたこともあります。誤解しないでください。僕も助けられたんです」

安孫子は真蓮の力を称《たた》えようとしたが、深津は取りつく島もない。メスを扱うことが得意な外科医はばっさりと切り捨てた。

「真蓮は人を助けてなんかいねぇよ」

深津の態度はヤクザじみているが、心地いいぐらい清々《すがすが》しかった。氷川は深津を全面的に支持する。

「いえ、僕は真蓮先生に助けていただきました」

「なら、どうしてまだ侘《わび》しい独身なんだ？　君はさっさと結婚したほうがいいぜ」

深津が寂しい身の上を揶揄《やゆ》すると、安孫子はしんみりとした様で答えた。

「結婚は授かるものです」

結婚は授かるもの、子供は授かるもの、仕事は授かるもの、授かるものという言葉は真蓮のみならず占い業界や宗教団体の大切なアイテムだ。

「どこまで頭が腐っているんだ？」

一触即発、深津と安孫子の間に熾烈《しれつ》な火花が散っている。今にも深津が安孫子の横《よこ》っ面《つら》を張り飛ばしそうだ。

氷川は覚悟を決めると、とっておきの笑顔で口を挟んだ。

「安孫子先生、今日、真蓮先生の予約をもらっていましたね？」

氷川は宥《なだ》めるように安孫子の肩を優しく叩いた。ここ最近、よく肩を叩いているような気がしてならない。氷川自身、癖になっている。何かあると、無意識のうちに肩を叩いてしまうのだ。

「……え？　はい、特別に時間を空けてくださったのです。いつも気にかけてくださいます」

唐突な氷川の言葉に面食らったようだが、安孫子は今日の予約を口にした。

「実は僕も深津先生も悩みが多いんです。真蓮先生に相談したい」

氷川が切々とした感情を込めると、深津は目を大きく見開いた。けれど、何も反論しない。瞬時に氷川の考えに気づいたのだろう。

「……ああ、それならばご紹介しますよ。今すぐ連絡を入れます」

安孫子は純粋な気持ちで承諾したようだ。ポケットに忍ばせていた携帯電話を手に取った。ずっと電源は切られたままだ。

「いえ、連絡は入れないでください。何も連絡を入れず、僕と深津先生を連れていってください」

行く前に連絡を入れたら、真蓮は氷川と深津の素性について猛スピードで調べ上げるかもしれない。病院内に立命会《りつめいかい》の工作員がいるから簡単だ。入手したデータを曖昧《あいまい》な常套《じょうとう》句《く》にちりばめて駆使すれば、過去をピタリと当てた霊能力者になるだろう。

「そんな、失礼な」

安孫子は拒絶しかけたが、氷川は畳みかけるように言った。

「深津先生は真蓮先生を疑っていらっしゃいます」

氷川は深津を指で差しつつ、安孫子を真剣な目で見据えた。

「はい。真蓮先生はすぐに深津先生の心に気づくと思います。機嫌を損ねて、帰されるかもしれません」

この客は騙《だま》せない、と判断したら真蓮は適当な言葉を連ねて帰らせるのだという。真蓮曰《いわ》く『あなたの心が淀《よど》みすぎている』と。

「だから、なんの連絡も入れずに行かせてください」

氷川がにっこり微笑《ほほえ》むと、安孫子は怪訝《けげん》な顔をした。

「どういうことですか？」

「僕と深津先生のデータが何もない状態で伺いたいのです。真蓮先生が予約も入れずに飛び込んできた僕や深津先生について当てられたら本物です。深津先生も考えを改めるでしょう」

氷川が煽《あお》るように言うと、安孫子は一瞬にして青褪《あおざ》めた。

「……そんな、真蓮先生を試すのですか？」

真蓮が本物か偽物《にせもの》か、安孫子の目の前で暴いたほうがいい。深津は腕組みをした体勢で不敵に口元を緩めた。彼はやる気満々だ。

「真蓮先生を信じているのでしょう？　深津先生に疑われたままでは安孫子先生の立つ瀬がないはず」

真蓮先生のためでもあるのですよ、と氷川は誠意を旗印に安孫子を丸め込んだ。このチャンスを逃したら二度目はない。

「……でも、そんな、真蓮先生を試すなんて……罰当たりな……」

安孫子が口ごもると、深津が実力行使に出た。

「行くぜっ」

長身の深津が安孫子の肩を抱え、強引に歩きだす。氷川は止めたりせず、いそいそと後に続いた。

真蓮の事務所がある街まで、深津が運転する車で向かう。途中、二十四時間営業のカフェレストランで朝食を摂《と》る。白を基調にした南欧風の店内は開放的で洒落《しゃれ》ていた。ポイントに置かれている鉢植えのヤシが清涼感を与えている。

安孫子はスクランブルエッグのモーニングセットを食べながら、真蓮がいかに素晴らしい霊能者か熱く語った。

深津はビーフカレーとマカロニグラタンを前に応戦する。当直明けの疲労は少しも感じさせない。どこまでもタフな男だ。

氷川はオムレツのモーニングセットを味わいつつ、安孫子と深津の応戦を注意深く聞いていた。

真蓮はいかにして客を洗脳しているのか、どのように真蓮を攻略すればいいのか、安孫子と深津のやりとりからおぼろげながらも見えてくる。深津も本番に備えて今から練習しているのだろう。

真蓮は一筋縄ではいかない。氷川と深津がふたりがかりで挑んでもそうそう勝ち目はないはずだ。政治家になっていたならば、さぞかし立派な論客になっていたに違いない。

「氷川先生も何か言ってください。神に逆らったらどうなるか、深津先生は全然わかっていない。せっかくのお導きに逆らったら、生き地獄を彷徨《さまよ》いますよ」

安孫子に話を振られたが、氷川が反応する前に、深津がスプーンを握ったまま食ってかかった。

「おいおいおいおいおい、神とか、お導きとか、もうなんかそれはマジにおかしいカルト宗教そのものだぜ」

深津はスプーンで安孫子の頭を叩くふりをした。成人男性のすることではないが、氷川もその気持ちはよくわかる。

「深津先生、そんなことを言っては駄目ですよ。一緒にしないでほしい、と真蓮先生はよく仰《おっしゃ》っています。方角や手相、星座も真蓮先生はあまり言いません」

安孫子はナイフとフォークを手にした体勢で応戦した。童心に返ったわけではないだろう。

「けど、胡散臭《うさんくさ》いのは確かだぜ」

深津と安孫子がデザートまで平らげた頃、ちょうどいい時間になった。氷川が腕時計で時間を確かめて立ち上がる。

「そろそろ行きましょうか」

長身の深津を先頭にして、氷川と安孫子は出入り口に進む。店内にいた女性客のグループは深津のルックスを話題にしているようだ。誰も医師だとは思わないだろう。

カフェレストランを出た時、氷川はふと視線を感じて振り返った。目と鼻の先にある赤い郵便ポストの隣に、ジーンズ姿の青年が立っている。彼は眞鍋《まなべ》組の吾郎《ごろう》だ。カフェレストランの斜め前にあるファストフード店の前では、ショウと卓《すぐる》が凄《すご》い勢いでホットドッグとハッシュドポテトを交互に食べていた。どうやら、氷川には眞鍋組のガードがついているらしい。

氷川は清和《せいわ》の愛を感じながら、真蓮の事務所が入っているビルに進む。付近はとりたてて特筆すべきこともない、どこにでもある繁華街の一角だ。

オートロックではなく、管理人も受付もいない、センスはいいがこぢんまりとしたビルだった。不況を表しているのか、空いているテナントが多い。エレベーターで五階に上がり、突き当たりのドアまで無言で歩いた。

安孫子がインターホンを押す。

すぐにドアが開き、真蓮のスタッフらしき男性が出迎えた。非の打ちどころのない上品な紳士だ。

「お世話になっております」

安孫子は深々と頭を下げた後、同行人である氷川と深津について言及した。

「僕の先輩なんですが、ぜひ、真蓮先生にお会いしたいと懇願されました。どうかよろしくお願いします」

真蓮のスタッフは予定外の人間にいやな顔ひとつせず、慈愛に満ちた笑顔で招き入れた。

「安孫子さんの先輩ならばお医者様ですね。大変なお仕事です。きっと真蓮先生はいいお導きをくださいますよ」

時に医師という職業は強みになる。真蓮のスタッフに促されて、氷川と深津は事務所に入った。

中は薄暗く、ギリギリにまで明かりが落とされている。クリスタルクォーツやラピスラズリ、ペリドット、ローズクォーツやロードクロサイトなど、何種類ものパワーストーンがいたるところに飾られていた。神秘的な空間を演出しているらしい。

アジアン調の家具で揃《そろ》えられた部屋に通され、氷川と深津は安孫子を挟んで三人掛けのソファに座った。アロマが焚《た》かれ、辺りにはベルガモットの香りが漂っている。

「こちらに記入してください」

名前や生年月日、住所や電話番号など、氷川と深津は個人情報を書き込まされる。当然、氷川は眞鍋組のシマにある眞鍋第三ビルで暮らしているとは書かない。たぶん、深津も適当に誤魔化《ごまか》しているだろう。

すべてを記入すると、ハーブティーが用意された。

人を騙したり、洗脳したりする時、薬物が使われるケースは多々ある。ハーブティーに何か混入されているかもしれない。

氷川はハーブティーを注いだカップに唇をつけるだけで、決して口には含まなかった。深津も飲んではいないようだ。

「お待たせしました」

インドの民族衣装に身を包んだ真蓮が現れた瞬間、安孫子はその場で立ち上がった。

「真蓮先生、お世話になっております」

安孫子に倣《なら》い、氷川と深津も立ち上がり、礼儀正しく深々と頭を下げる。氷川も深津も打ち合わせはしていないが、戦法はそう変わらないだろう。まず、真蓮を油断させなければならない。

「いきなり押しかけて申し訳ありません。安孫子先生から真蓮先生のご高名を聞き、いてもたってもいられなくなってしまいました」

氷川が真蓮を褒《ほ》め称《たた》えると、深津も大きく頷いた。

「人生最大の危機に瀕《ひん》し、自分の無力を感じている最中です。真蓮先生、どうかいいお導きをいただきたい」

氷川と深津のしおらしい態度に、安孫子は戸惑ったようだが何も言わない。真蓮は満足したように一人掛けの椅子《いす》に座りながら言った。

「よく参りました。お座りなさい」

化粧が上手《うま》いのかもしれないが、真蓮は宗教画に描かれている聖母マリアのような女性だ。とてもじゃないが、インチキ詐欺師には見えない。

「ありがとうございます」

氷川と深津は同時に礼を言うと、椅子に深く座った。真蓮の反応を見る限り、スタートはまずまずだろう。

「安孫子さん、どうでしたか？」

真蓮は自分が予言した災難について尋ねた。

予《あらかじ》め言い含めておいた通り、安孫子は氷川に話を持っていった。

「真蓮先生、今日は僕は後回しにしてください。ふたりは実は仕事を抜けて来ているのです。先にふたりから見てあげてください」

安孫子が言い終えるや否《いな》や氷川が泣きそうな顔で続けた。

「真蓮先生のお力にお縋《すが》りします。実は職場では隠しているのですが、僕には同棲《どうせい》している恋人がいるのです」

氷川がプライベートを明かすと、安孫子と深津は驚いて息を呑《の》んだ。嘘《うそ》はついていない。

そして、真蓮は氷川のプライベートを知っている。

「深く愛しているのですね」

氷川が清和に惚《ほ》れきっているのは周知の事実だ。真蓮や立命会が苦労しなくても、楽に入手できるデータだろう。

「はい、本当に愛しています。かけがえのない恋人です。でも、僕の恋人はモテるのです。浮気していませんか？」

清和が女性にどれだけ秋波を送られているか、二代目姐がどんなに嫉妬深《しっとぶか》いか、すでに不夜城を徘徊《はいかい》するチンピラでも知っている。氷川は伏し目がちに真蓮の反応を窺《うかが》った。

「子供には恵まれませんね」

テクニックなのか、真蓮は即答を避ける。

「……はい、子供は諦《あきら》めています。でも、だからといって浮気は認められません。絶対に許せない」

氷川が俯《うつむ》きながら言うと、真蓮は真上から見下ろすように言い放った。

「本当に愛しているならば浮気ぐらいで怒ってはいけません。あなたは嫉妬深いようですね。守護霊も心配していますよ」

真蓮は守護霊という目に見えない存在で話を進めるらしい。氷川は口元に手を添えて反論した。

「守護霊？　僕にもついているのですか？　ならば、どうして僕は実の親に捨てられたのですか？」

「あなたに強くなってほしかったからです。守護霊はあなたを強くするために困難を与えたのですよ。恨んではいけません」

真蓮の切り返しに唖然《あぜん》としたものの、決して顔には出さない。氷川はしおらしく尋ねた。

「恨んではいけないのですか？」

恨んでいないと言えば嘘になるが、清和に出会うためだったのならば仕方がない。氷川は清和という愛しい男の存在で、実の両親への憎悪を抑え込んでいた。

「ええ、あなたの前世は僧侶《そうりょ》だったようですね。人を助けることが天職ですよ。だから現世で医者になったのでしょう」

すべての恨みつらみを捨て、誰よりも強くなり、人のために尽くすことがあなたの現世の使命です、と真蓮は凛《りん》とした態度で言い放った。

前世や使命など、知ってもどうしようもない。第一、本当かどうか確かめられない。一番大嘘が通りやすい話だが、真に受けてその気になる者も少なくはないのだろう。人助けだとさんざん利用されたり、搾取《さくしゅ》される運命が待ち構えている。

「僕も医者は天職だと思っています。でも、うちの内科部長は性格が悪いというか、利己的というか、厳しすぎるというか、僕を認めてくれません。毎日、ネチネチといびられています」

内科部長は医師としては尊敬している。また、内科部長に氷川はちゃんと評価されている。氷川は院内のネタで真蓮を揺さぶろうとした。

深津も安孫子も内科の実情を知っている。

「誠心誠意を込めて努力したら、そのうち認められるようになりますよ」

真蓮は当《あ》たり障《さわ》りのない言葉を口にしたが、氷川は内心ではほくそ笑んだ。おかげさまでもう認められています、と。

安孫子もこれで少しは気づいてほしい。氷川は甘い期待を抱かずにはいられなかった。

「……それで話を戻しますが、僕は恋人と一緒に暮らしているのですが、環境のいいところに引っ越したいんです。でも、恋人はいやがっているんです。どうしたらいいですか?」

「恋人の意見を尊重してあげなさい。謙虚な心が必要ですよ。氷川さん、悪い心を出してはいけません」

真蓮は険しい顔つきで、氷川を厳しく咎《とが》めた。これは自分が上位に立つための有効手段だ。

「はい」

「恋人に綺麗《きれい》な言葉と優しい気持ちで接してあげてください。綺麗な気持ちは綺麗な心からしか生まれません。あなたに足りないものです」

いい説だが、真蓮が口にすると白々しく感じてしまう。しかし、安孫子は聖者を見るような目で真蓮を眺めている。まったく疑っていないようだ。

「はい、ありがとうございました」

氷川が殊勝な態度を示すと、真蓮は鷹揚《おうよう》に頷いた。尊大な仕草をするのも客を得るためのテクニックだという。客に優しくしたり、怒ったり、その兼ね合いが難しいそうだ。

間髪《かんはつ》を容《い》れず、深津が口を開いた。

「真蓮先生、俺の話を聞いてください」

真蓮は深津に視線を留めると、楽しそうに微笑んだ。

「はい……だいぶ、女性にモテるようですね。何人もの看護師さんがあなたに恋をしています」

明和《めいわ》病院の女性スタッフが何人も真蓮の事務所を訪ねている。その中には深津への片思いを打ち明けた看護師もいただろう。真蓮の霊能力ではない。第一、深津の容姿を見れば、女性に人気があるぐらいわかるはずだ。

「はい、モテるんですが、実は結婚して、子供もいます。別れたいんですが、どうしたらいいですか？」

深津はとんでもない大嘘をついた。彼は独身で子供もいない。いや、世間に隠しているだけでどこかに妻子がいるのかもしれない。けど、そんな事実はないはずだ。

氷川は表情を変えず、真蓮の様子を窺う。安孫子は深津の妻子持ち説に動じたようで上体が大きく揺れた。

「……本当に別れたいのですか？」

真蓮は深津の質問には答えず、優しい口調で尋ねた。これも典型的なテクニックのひとつだ。

「別れたいんです」

深津が胸を張って答えたが、真蓮は質問を重ねた。

「どうして別れたいのですか？」

深津から情報を引きだし、それらしい返答をする気だろう。真蓮の観察力の高さは素晴らしい。

「俺の守護霊はなんて言っているんですか？」

深津が身を乗りだして訊くと、真蓮はぴしゃりと言った。

「気位が高い」

「……は？　なんですか？」

どうしてここでその言葉が出るのか、深津のみならず氷川も目を丸くしてしまう。だが、このすり替えがテクニックだ。

「気位が高いので、今までいろいろな方面で何かあったのではないですか」

「……さぁ？　母方の祖父と早死にした兄とは大ゲンカしました。母方の祖父と俺の兄は無事に成仏しているんでしょうか？」

初めて聞く深津のプライベートのため、真実か仕掛けネタか、わからない。氷川は疑われないように、真蓮を尊敬の目で見つめていた。

ほんのしばらくの間、真蓮は目を閉じる。安孫子が騙された通り、見えない世界と交信でもしているようだ。

「……どちらも成仏されています。お兄さんのほうは気位の高いあなたを心配しているようですよ」

真蓮が静かに告げると、深津は驚いたようだ。

「そうなんですか？」

「誰に対しても謙虚になりなさい」

気位が高いと注意した後に謙虚になれと、真蓮が指示した意図に氷川は気づいた。真蓮は自分に対して服従するように仕向けているのだ。少しでも深津が逆らえば、叱《しか》りつけるのだろう。気位が高い、謙虚になれ、と。

「嫁にも謙虚になれ、と？」

深津は怪訝そうに真蓮に尋ねている。

「そうです。もう少し気にかけてあげなさい。すべてに対して」

「嫁は金遣いが荒いし、男遊びも隠れてやっているようなんですけど？」

「深津さんがそうさせているのですよ。悪いのはあなたです。だから、守護霊も早世したお兄さんも心配しているのです。このままだったらあなたは最低の不幸に落ちますからね。後悔してからでは遅いのですよ」

真蓮はなんだかんだいって、深津の不安を煽っている。深津が自分に縋るように仕向けているのだ。

深津を取り込んだら鬼に金棒だ。明和病院の女性スタッフがこぞって真蓮の信者になるかもしれない。

「最低の不幸とは？　俺はどうなるんですか？」

深津は怯《おび》えたように腰を浮かせた。豪胆な彼とは思えない反応だ。氷川は深津の演技力に感心するしかない。

真蓮はそんな深津に至極満足そうだ。

「……どうなるか、はっきりとはわかりません。ただ、あなたはこのまま行けば最低に落ちます。それは確かです……助けてあげてください、とあなたのお兄さんが私に頭を下げています」

早世した兄がいるとばかりに、真蓮は自分の隣を指で差した。氷川は目を凝《こ》らしたが、何も見えない。

「兄貴、そこにいるんですか？」

深津は手を伸ばすが、なんの感触もないようだ。

「はい、ここにいます。ここで私に頭を下げています。弟を助けてください、と」

「どうやって助けてくださるんですか？」

「まず、謙虚になることです。私があなたの悪いところを取ってあげます。時間が空いている時でいいですからしばらくの間は通ってください」

真蓮は次回に繋《つな》げようとした。

「わかりました、通わせていただきます。ありがとうございました」

深津が爽《さわ》やかに礼を言うと、真蓮は満足そうに頷いた。安孫子が連れてきた医者なので、深津も世間知らずのカモだと思っているのかもしれない。

「早世したお兄さんが喜んでいますよ」

真蓮はにっこり微笑んだ後、安孫子に視線を流した。

「安孫子さん、どうでしたか？」

安孫子が口を開く前に、氷川が沈痛な面持ちで言った。

「昨夜、大変だったんです……もう、真蓮先生の仰った通り、災難が起こりました。驚きました」

氷川は後ろ手に安孫子の腰を抓《つね》っていた。黙っていろ、という意味だ。しかし、安孫子は驚愕《きょうがく》で上体を揺らしながら低い悲鳴を上げた。

「……ひっ」

深津が安孫子の口を大きな右手で塞《ふさ》ぎ、頭部を勢いよく叩いた。

「男なら泣くなっ、耐えろっ」

真蓮は悠然とした態度で安孫子と深津を見つめている。

昨夜、立命会の工作員が何か仕掛けていたのだろう。院内に潜んでいた眞鍋組の男が対処してくれたのかもしれない。

確かなことはわからないが、氷川には確信があった。

「真蓮先生、どうしたらいいのですか?」

氷川は災難を明言せず、真蓮に頼りきった風情《ふぜい》で尋ねた。

「安孫子さんの守護霊が怒っているのです」

「ですから、守護霊の怒りを解くにはどうしたらいいのですか?」

真蓮の口からはっきりさせなければどうしようもない。氷川は目を根性で潤ませて真蓮に食い下がった。

「守護霊の導くままに行動しなさい」

「だから、その行動を教えてください。僕と深津先生も協力しますから」

氷川は拝むように目の前で両手を合わせた。深津は安孫子の口と頭を押さえ込んだまま、同意するようにコクコクと頷いている。

「いい出会いを無視してはいけません。女性スタッフの中にいい人がいますよ」

真蓮は折れたのか、立命会の工作員を示唆する。

「女性スタッフも多いんです。外来の看護師ですか？　病棟の看護師ですか？　診療科はどこですか？」

「明日か明後日《あさって》……近日中に目の大きな美人から告白されます。その人ですよ」

真蓮から立命会の工作員に指示が届き、行動に移すのだろう。これで間違いようがない。

「わかりました、つきあわせます」

氷川がペコリと頭を下げると、深津は安孫子を抱え込んだまま立ち上がった。そして、嘲笑《あざわら》った。

氷川が止める間もなく、深津は馬鹿《ばか》にしたように言った。

「すっげぇ、インチキ」

深津の言葉に真蓮は血相を変えた。

「……なんですか？」

わざわざ正面から闘わなくても、信者のふりをして帰れば楽だった。帰った後、安孫子を諭し、目を覚まさせるつもりだった。けれど、深津はだいぶ鬱憤《うっぷん》が溜《た》まっていたようだ。つい、彼の外科医特有の性格を恨んでしまう。それでも、ここまできたら仕方がない。氷川は安孫子の腕をぎゅっと摑《つか》んだ。

「俺に妻子はいないし、母方の祖父は今でもピンピンしているし、早死にした兄貴もいねぇぜ」

深津が高らかに笑うと、真蓮の形相は悪鬼と化した。

「……あなたの前世での行いが悪い。前世での妻子や兄があなたに取《と》り憑《つ》いています。現世では生き地獄を彷徨いますよ」

「地獄ならもう彷徨っているさ。あんたがいるところが地獄だ」

深津は弾劾するかのように真蓮の顔を人差し指で示した。

「私を誰だと思っているの。みくびらないでちょうだいね。神は見抜き見通し、天罰を与えますよ」

立命会を使って、深津に害を与える気だろう。氷川の背筋に冷たいものが走ったが、深津はいっさい動じなかった。

「昨日、病院は平和だったぜ。真蓮センセイ予言の災難なんてひとつもなかった。外したな」

　ふっ、と深津が鼻で笑い飛ばすと、真蓮の唇がわなわなと震えた。心の中で立命会を罵《ば》倒《とう》しているのかもしれない。

「……災難は近日中に起こります」

「前回の災難騒動の犯人はあんただろ？　今回、あまり派手な事件を起こすなよ。刑務所暮らしは辛《つら》いらしいぜ」

　深津がズバリ指摘すると、真蓮の怒りのボルテージが上がった。

「お帰りなさいっ」

　怒髪天《どはつてん》を衝《つ》いた真蓮に、深津と氷川は追いだされる。当然、安孫子は深津と氷川が両側から支えていた。

　そそくさとエレベーターに乗り込む。

「……な、なんてことを……罰が当たりますよ」

　安孫子は未《いま》だに真蓮を信じているらしく、今にも倒れそうなほど顔色が悪い。

「まだわからないのか？　インチキだってわかっただろう？」

　深津が怒鳴った後、氷川も力強く言った。

「安孫子先生もご存じの通り、僕はひとりです。恋人はいません。あんな簡単な嘘にひっかかるなんて」

本当は命より大切な男がいるけど、と氷川は心の中で清和に詫《わ》びた。

「……あ、真蓮先生にも得手不得手があると思います」

安孫子は自分で理由を見つけだし、納得しているようだ。あくまで、真蓮を正当化する。

「いいかげんにしろ」

堪忍袋《かんにんぶくろ》の緒が切れたのか、深津はとうとう安孫子の頬《ほお》を殴り飛ばした。ヤクザにも負けない気性の荒さだ。しかし、それだけ安孫子先生を案じているのかもしれない。氷川にしろ深津にしろ本来ならば安孫子を助ける義理などないのだから。

「……深津先生」

チン、という音とともにエレベーターが一階に着いた。深津と氷川は安孫子を引《ひ》き摺《ず》るようにしてエレベーターから降りる。

個性的なオブジェが飾られたエントランスに人はいない。立命会の男が襲いかかってくるのか、無事にビルから出られるか、ドアはちゃんと開くのか、氷川は密かに緊張していた。辺りを窺う。

「お前も馬鹿じゃないんだ。よく考えればわかるだろう？　もう気づいているんじゃないか？　真蓮がインチキだって気づいていても、認めたくないんじゃないか？　そうだろ？」

深津は怒鳴りながら綺麗なエントランスを進んだ。

たぶん、深津の言葉は当たらずといえども遠からずのはずだ。

真蓮がインチキだったならば、安孫子の今まではなんだったのだろう。霊能者に注ぎ込んだ金や時間はどうなる。まして、真蓮を他人に紹介し、あまつさえ勧めている。信じたくない、という気持ちが大きいのだろう。

「……なら、なら、ほかの人も騙されているんですか？　真蓮先生を信じている人は多いんですよ」

安孫子は真蓮に心酔している軍団をよく知っている。誰もが競うように真蓮を褒め称えた。

「サクラが絶対に紛れ込んでいるはずだ」

「サクラ？」

度を越した世間知らずでも、安孫子にサクラの意味は説明しなくてもいいらしい。彼はサクラの存在など、夢にも思わなかったようだ。

「ああ、きっと真蓮はひとりじゃない。何人かでグルになっているんじゃねぇのか」

深津は不機嫌そうな顔で裏をズバリ当てる。すかさず、氷川も力の限り大きく頷いた。

「でも、でも、本当にいつもピタリと当てて……僕もピタリと当てられたんですよ」

「馬鹿かっ、そんなの誰でも当てられる」

真蓮の事務所が入っていたビルを出た時、目の前の車道で眞鍋組のショウが風体《ふうてい》の悪い大男と大乱闘を繰り広げていた。

「……あ、チンピラのケンカだ」

深津が指摘した通り、どこからどう見てもチンピラの殴り合いだ。察するに、ショウの相手は立命会の構成員だ。

「危険だから逃げましょう」

氷川が怯えたように言うと、深津はカラカラと笑った。

「あっちの若いほうが強い」

深津が呑気《のんき》にショウの腕っ節を称賛している。氷川は安孫子の腕を右手で摑んだまま、左手で深津の背中を叩いた。

「行きますよ」

整備された歩道を歩きだすと、真蓮の事務所が入っているビルの裏口から、いかにもといった極道関係者が出てくる。彼らは氷川目がけてやってきた。いや、真蓮を罵倒した深津がターゲットだ。真蓮が仕向けた立命会の構成員に違いない。

赤いシャツを身につけた男は、確実に深津を狙って走ってきた。襲いかかろうとしたらしいが、停車していた車から現れた眞鍋組の吾郎に蹴《け》り飛《と》ばされる。スキンヘッドの大男は眞鍋組の卓が殴り飛ばした。

「ここら辺はヤクザが多いのか？　物騒だな」

深津はのほほんとした様子で、背後の大乱闘を眺めている。いったいどこに潜んでいたのか、立命会と眞鍋組の構成員の数は瞬《また》く間《ま》に増えていった。

「深津先生、目を合わせちゃいけません」

氷川はきつい口調で注意したが、深津にはまったく効果がない。彼も感心するぐらい豪胆だ。

「学生みたいなのもいるぜ」

深津はパーカー姿の卓の風体に驚いているようだ。焼き肉屋の看板を振り回している信《しん》司《じ》にも目を留めている。

「前を見てください」

氷川が声を荒らげると、深津は顔を前に向けた。

「ああ、前を見るんだな……こっちにも占いハウスがあるぜ。そっちにも占いの館《やかた》なんかがある。辛気《しんき》くせぇな」

占い関係の看板が目につき、深津は不快そうに顔を歪《ゆが》める。地面に落ちている石でも投げそうな雰囲気だ。

「それだけ悩んでいる人が多いんでしょう」

現代の闇《やみ》は深すぎて、困惑するばかりだ。

「占いや霊能者みたいなのは、資本金も資格もいらない仕事だ。リストラされたオヤジが占い師になっててびっくりしたぜ。結構、客がいるらしい」

深津の言う通り、目に見えない世界はいろいろな意味でいいかげんだ。犯罪も増え続けている。

「僕は自己破産した寿司屋の主人が占い師になった話を聞きました」

占いの本を二冊、読破した後、寿司屋の主人は占い師としてインターネットにサイトを開設したそうだ。つい先日、ハンドルを握るショウから聞き、氷川は呆《あき》れ果《は》てた。

「安孫子先生、今日はわかるまで説教だ」

深津は安孫子の耳を引っ張りながら言った。

「深津先生、眠くないんですか？」

安孫子は涙目で突っ込んだが、深津は豪快に笑い飛ばした。いつになくテンションが高い。

停めていた車に乗り込み、深津は一声かけてからアクセルを踏む。

「事故っても罰が当たったわけじゃねぇからな」

運転席に座る深津の一言は洒落にならないが、氷川と安孫子を乗せた車は、眞鍋組と立命会が大乱闘を繰り広げている街を後にした。

パトカーのサイレンは聞こえない。警察官も見当たらない。氷川は眞鍋組の男の無事を心の底から祈った。

それぞれ自宅には帰らず、明和病院に向かう。真蓮が仕掛けた災難に対処するため、三人で張り込むのだ。

休憩室で深津と氷川は声を嗄《か》らして安孫子を諭す。納得したくないようだが、納得せずにはいられないらしい。とうとう安孫子は子供のように泣きじゃくった。世間知らずは時に残酷だ。

氷川は安孫子の闇が一刻も早く晴れることを願わずにはいられなかった。

7

翌日の朝、氷川《ひかわ》と安孫子《あびこ》は深津《ふかつ》に誘われて近所にある喫茶店で朝食を摂《と》った。三人ともぐったりしている。

立命会《りつめいかい》と眞鍋《まなべ》組が抗争に発展していないか、氷川は気が気でなかった。喫茶店にある新聞に目を通す。

新聞の広告欄を見て、氷川は息を呑《の》んだ。

「氷川先生？　どうした？　どこかの病院がまた何かしでかしたのか？」

深津がトーストを齧《かじ》りながら尋ねてきたので、氷川は新聞を差しだした。

「雑誌の広告を見てください。真蓮《しんれん》が稀代《きだい》の詐欺師として書かれているみたいです」

ゴシップ記事の多い週刊誌の広告に派手な文字が躍っている。人気女優の熱愛スクープと同じ文字の大きさで、真蓮の詐欺師っぷりを暴いた見出しが記されていた。

「……人気霊能者は稀代の詐欺師、真蓮の素顔を暴く？　暴力団と黒い関係？　覆面取材でもしたのか？　真蓮は暴力団のツテがあるみたいだな」

深津は見出しを読み上げた後、虚ろな目の安孫子に新聞を手渡した。みるみるうちに安孫子の目に涙が溢《あふ》れる。

可哀相《かわいそう》だが構ってはいられない。

氷川はいそいそとほかの新聞も確かめた。どの新聞にもゴシップ記事の多い週刊誌の広告が掲載されている。

「こっちの新聞にも……あ、こっちにも……すごい……」

たとえゴシップ記事の多い週刊誌でも、新聞に載った広告の見出しで真蓮の悪事は広まる。確実に真蓮の信者の目にも入るだろう。これをきっかけに、真蓮の真実に気づくかもしれない。

購買者数が減少しているし、新聞社の経営難も囁《ささや》かれているが、新聞の広告欄は侮《あなど》れないものだ。

毎朝、何種類もの新聞に目を通している清和《せいわ》を脳裏に浮かべた。そして、氷川は眞鍋組の作為を感じた。

もしかしたら、眞鍋組が出版社に真蓮の記事を掲載させたのかもしれない。清和も祐《たすく》もメディアは金で買えると豪語していた。今回の新聞の広告欄は眞鍋組が裏で出資したのではないだろうか。

ちなみに、新聞の広告欄はとても高い。

深津は携帯電話を操作しつつ、感嘆したように口笛を吹いた。

「ネットでも真蓮の詐欺師っぷりが評判になっているぜ。その週刊誌を出している出版社が覆面取材をしたみたいだな。真蓮にはなんの力もない、って断言してる。暴力団と連携した手口も記事になっているぜ」

やるじゃん、と深津は携帯版の記事を読んで感心していた。安孫子は泣いている。認めざるをえないのだろう。

ここまで無防備に泣く安孫子に純粋さを感じてしまった。

「安孫子先生、いい勉強になりましたね」

氷川が前向きな言葉をかけると、安孫子の肩は大きく震えた。

「……い、いい勉強？　いい勉強ですか？　こんな勉強はしたくなかった……人生で必要ないでしょう……僕、もう何も信じられない」

泣き崩れる安孫子が乙女に見える。氷川と深津は目を合わせると、どちらからともなく肩を竦《すく》めた。

「安孫子先生、これで災難なんかに怯《おび》えなくてもいいんですから。……ああ、村田《むらた》祐さんも大蛇なんかついていませんから」

氷川はあくまで勇気づけたつもりだったが、安孫子の泣きっぷりはさらに激しくなった。喫茶店の主人が心配そうに眺めている。

「……ひ、氷川先生、ぼ、僕……立ち直れないかも……でも、でも……綺麗《きれい》ですよね……僕はあんなに綺麗な人と……大蛇なんて……」

安孫子の嗚咽《おえつ》をBGMに、氷川と深津はモーニングセットを平らげる。あとは速《すみ》やかに真蓮の評判が落ちるのを待つだけだ。氷川と深津はそれぞれ院内で真蓮の噂《うわさ》を流す気満々だった。安孫子の立場を傷つけないように心掛ける。

病院に戻る氷川と深津の足取りは軽い。

すでに出勤してきた女性スタッフの間でも、真蓮の噂で持ちきりだった。記事の信憑《しんぴょう》性《せい》を疑う看護師は少なくないが、ネットに飛びだした被害者たちの証言が現実味を帯びているらしい。

眞鍋組のメディア操作が上手《うま》く進んでいるようだ。スピリチュアルの世界に疑念を抱くメディア関係者も多いのだろう。

氷川は大きく息を吸うと、せわしない午前診察に突入した。

医局で遅い昼食を摂った後、氷川は病棟を回る。どの担当患者も経過は順調だ。氷川は最後に祐が入院している個室を訪ねた。いつにもましてテーブルに積まれた差し入れが目につく。

「ご気分はいかがですか？」

氷川が明るい笑顔で訊《き》くと、祐は無言で指を三本立てた。

「どうされました？」

「メス犬がすっぽんぽんで俺に迫った回数です」

立命会の工作員はあろうことか、祐を身体《からだ》で籠絡《ろうらく》しようとしたらしい。浅はかというか、短絡的というか、眞鍋組の策士もみくびられたものだ。

「……そんなことが」

氷川が驚愕《きょうがく》で目を見開くと、祐は両手の指で七を示した。

「病院のメス犬に迫られた回数です」

祐は院内の女性スタッフに体当たりの告白を受けたらしい。担当している看護師にも愛を告げられたのだろう。

「手を出したの？」

「出すわけないでしょう。メスはあんなに凄《すご》いのに、どうしてオスがおとなしいんですか？」

祐が呆《あき》れ顔《がお》で口にしたオスとは、ほかでもない安孫子のことだ。盗聴しているイワシが赤面するほど、祐が甘い雰囲気を作っても、安孫子は一向に動かなかったという。

「純情なんだ。祐くんからなんとかしてあげて」

氷川が親の気持ちで頼むと、祐はシニカルに口元を歪《ゆが》めた。

「俺から押し倒せと？」

ふたりが結ばれるためには、祐が安孫子をリードしなければ無理だろう。

「そこまでしろとは言わないけど……あ、真蓮の洗脳が解《と》かれたら、もう祐くんに頼まなくてもいいのか……」

氷川は安孫子をヤクザとつきあわせる必要性を感じなくなった。どうせ、安孫子は自分からは行動に移せない。このまま何事もなく別れたほうが、安孫子のためにもいいだろう。次こそいい女性と巡り合い、結ばれて幸せになってほしい。

「焦ったみたいですよ」

祐は明言しないが、何を言いたいのかよくわかる。清和を筆頭にショウやサメ、イワシといった眞鍋組の男たちは、氷川が勝手に動くことで焦燥感に駆られたようだ。

「お礼を言わなくっちゃ」

氷川がにっこり微笑《ほほえ》むと、祐はしみじみと言った。

「俺も頑張りました」

祐は院内に潜り込んでいた立命会の工作員を辞めさせたようだ。どんな手を使ったのかは、退院させてからじっくりと聞く。

「ありがとう」

「感謝しているのなら、明日、退院させてください。メスがウザい」

祐が憎々しげに言ったので、氷川は形のいい眉《まゆ》を顰《ひそ》めた。

「そんな言い方……」

氷川は小声で咎《とが》めたが、祐は気にしていない。

「なんなら、暇つぶしにオスとつきあって、泣かせてもいいんですが？」

この様子では本気で安孫子を弄《もてあそ》ぶかもしれない。

「それもいい勉強に……ううん、泣かせないでほしい。ますます人間不信になるから……どうしたらいいんだろう」

氷川の心は安孫子を大事に思う先輩医師として揺れていた。安孫子のためにどうすればいいのか、まったく見当もつかない。それこそ、本物の力を持つ霊能力者や占い師がいたら相談したい気分だ。

「あのお坊ちゃまのことでそんなに悩まないでください。うちのお坊ちゃまが妬《や》いています」

祐は不敵にニヤリと笑うと、嫉妬《しっと》に燃えている清和をほのめかした。

「妬いているの？」

氷川が神妙な面持ちで訊くと、祐はコクリと頷《うなず》いた。

「ピリピリしています」

清和の機嫌が悪くてショウや吾郎《ごろう》といった若い構成員が怯えているらしい。だからこそ、真蓮の件をさっさと処理しようとしたのだ。いつにもまして、サメの神業《かみわざ》が冴《さ》えわたったらしい。

祐にいくつかの注意をされてから、氷川は病室を後にした。今日は清和に会うために、定時で上がるつもりだ。

あとで安孫子も祐を訪ねるのだろう。いい天気なので散歩にはうってつけだ。

もう安孫子は祐の判断に委《ゆだ》ねるしかない。


送迎係のショウにはさんざん文句を食《く》らった。

眞鍋第三ビルに帰り、異常な迫力を漲《みなぎ》らせている清和に対面した。リビングルーム全体に暗雲が立ち込めているようだ。

「清和くん、どうしたの？　まさか、抗争？」

清和の様子から緊急事態を察し、氷川は顔を強張らせた。

「……違うだろ」

渋面《じゅうめん》の清和に見据えられ、氷川は自分の立場を思いだす。つい先ほどまでショウに愚痴られていたばかりだ。

「……あ、妬いているのか……って、安孫子先生のことで妬かないでほしい。僕は先輩として当然のことをしただけだ。それに問題は安孫子先生ひとりに留《とど》まらない。真蓮の魔の手は次々に……聞いているの？」

氷川は両手を振り回しながら熱弁を振るったが、肝心の清和に耳を傾けている気配はない。

「………………」

「清和くん、聞いてよ」

氷川は清和の前に立つと、彼の唇にキスを落とした。それでも、彼の怒りは一向に静まらない。

普段ならばキスひとつで清和の目が優しくなる。

「言い訳は聞かない、とか？　言い訳じゃないってば」

氷川は清和の目尻《めじり》を舐《な》め上《あ》げた。

「………………」

清和は怒りが大きすぎて言葉にできないようだ。いや、男としての自尊心で何も口にしないのかもしれない。

「そんなに怒らないで。助けてくれてありがとう」

氷川は心の底から清和に感謝した。清和の影を感じていたから、渋る安孫子を連れて動けたのかもしれない。

「…………」

清和は氷川と視線を合わせようとしなかった。

「清和くん」

氷川は清和と強引に目を合わせようとした。けれども、清和は無言で氷川から視線を逸らす。

彼の視線の先は白い壁だ。

「清和くん、壁なんか見ても面白くないでしょう」

氷川も清和と同じように白い壁を眺めた。白い壁は普段となんら変わらない。

「…………」

「僕を見てよ」

氷川は清和のシャープな頬《ほお》を摑《つか》もうとしたが、仏頂面《ぶっちょうづら》の彼に大きな手で振り払われてしまう。乱暴な手つきではない。痛くもなかった。だが、愛《いと》しい男に拒まれたショックで氷川は目を瞠《みは》った。

「……清和くん」

ショウが怯えていたように、清和の機嫌は悪いなんてものではないのかもしれない。愛しい男の怒りの根は深い。

「…………」

「僕のことが嫌いになったの？」

愛されている自信があるからこそ、口にできるセリフだ。氷川が清和の頬に唇を寄せたが、愛しい男は白い壁を宿敵でも見るような目で見つめている。何かと闘っているような気配さえあった。

「清和くん、僕が好きでしょう？」

氷川は清和の頭部にもキスを落とした。

「…………」

そう簡単に許してやるものか、と清和は心の中で凄んでいるような気がした。氷川は宥《なだ》めるように清和の耳元に甘く囁く。

「僕はいつでも清和くんが好きだよ」

「…………」

「僕の気持ちは清和くんが一番よく知っているでしょう」

不思議なことに、逞《たくま》しい美丈夫が幼い子供に見えてくる。知《し》らず識《し》らずのうちに氷川の目尻が下がった。

「…………」

「そんなに拗《す》ねないで」

氷川があやすように言うと、清和が発している怒気が強くなった。

「………」

氷川は清和の膝《ひざ》に無理やり乗り上げた。彼の視線の先は白い壁だが、氷川を床に落としたりはしない。

「清和くん、僕を拒むなんて十年早い。僕が泣いたら困るくせに」

氷川がぴしゃりと言うと、清和は低く呻《うめ》いた。

「……っ」

清和の唇はわなわなと震えている。

「これ以上、僕を拒んだら泣くよ」

自分でもとんでもないと思ったが、氷川は清和の膝で力んだ。一刻も早く清和と見つめ合いたい。

泣く子も黙る眞鍋の昇り龍は、二代目姐の脅《おど》しに屈した。天と地がひっくり返っても、氷川の涙には勝てない。

清和は咎めるような目つきで氷川を見つめた。

ようやく愛しい男の視線を得られ、氷川は花が咲いたようにふわりと笑う。まさしく、眞鍋に咲き誇る白百合《しらゆり》だ。

「……どうしてあんな危険な真似をした」

清和は溜《た》まった鬱憤《うっぷん》を理性で押し殺している雰囲気があった。声は普段より低いが、語気は荒くない。

「清和くんが守ってくれているとわかっていたから」

氷川は清和の唇に人差し指で触れた。

「……おい」

清和の鋭い双眸《そうぼう》は氷川への非難でいっぱいだ。それでも、大声で怒鳴らない。

「だって、そうでしょう？　清和くんは僕を守ってくれるんでしょう」

「……あのな」

「清和くんが助けてくれた医者はこれからたくさんの患者さんを助けるよ。つまり、清和くんは大勢の人を助けたんだ。ありがとう」

意表を突かれたらしく、清和は口を真一文字に結んだまま、ふいに照れくさそうに視線を逸らした。

氷川は可愛《かわい》くてたまらなくなってくる。

「ヤクザは嫌いだけど、ヤクザでよかったって思う」

氷川が清和の葛藤《かっとう》を解《ほぐ》すように優しく言った。だが、不夜城に君臨する男は口を閉じている。

「でも、立命会とはどうなるの？　抗争事件になるの？」

暴力団の構成員同士が争えば、ただですむとは思えない。いくら関東の大親分が共存を掲げていてもだ。

「いや」

氷川が説得できないとわかった瞬間、サメは占い師のアンジェリーナや関係者を総動員して、真蓮の本当の顔を暴露する準備をしたという。今でも真蓮を暴く手を緩めてはいない。二度と立ち直れないように叩きのめす予定だ。

昨日の深夜、ホテルのバーでリキと立命会のトップが話し合った。立命会は真蓮から手を引くらしい。賢明な選択だ。もっとも、立命会に油断はできないが。

「よかった」

氷川はほっと胸を撫《な》で下《お》ろしたが、清和の仏頂面は変わらない。ふつふつと心の底から怒りが沸いているようだ。

「…………」

「そんなに怒らないで」

氷川は甘えるように頼んだが、清和の心は独占欲で凝《こ》り固《かた》まっている。どこまでも激しい男だ。

「…………」

「……もう」

氷川は清和の腕を引いて立たせると、ベッドルームに向かった。愛しい男の怒りを解く手段はひとつしかない。

清和の険しい顔つきは相変わらずだが、氷川に逆らわなかった。

「昨日は帰らなくてごめんね。心配させて本当にごめんなさい。でも、いつも清和くんを愛しているからね」

「…………」

愛し合うためにベッドに上がっても、清和の機嫌は変わらない。焦《じ》れたのは氷川のほうだ。

「僕がどれだけ清和くんを好きか知っているでしょう。妬く必要なんてないんだから」

氷川は清和の逞しい身体に乗り上げ、自分のネクタイを解いた。

「…………」

「それに安孫子先生は祐くんが好きだし」

氷川は清和の目を見つめつつ、自分のシャツのボタンを外す。三つ目のボタンが取れかかっていることに気づいた。

「……本気か？」

報告は聞いているらしいが、清和は信じかねているようだ。祐の性格をいやというほど知っているからだろう。

「うん、安孫子先生は恋に臆病《おくびょう》な子供だよ」

清和も恋に臆病な子供に見え、氷川は白い頬を緩ませた。

「…………」

「妬く必要はないけど、妬いている清和くんも可愛い」

氷川は白いシャツを脱ぐと、ベッドの下に落とした。なめらかな肌を調べるように見つめられる。

「…………」

清和の視線が熱くてたまらない。無意識のうちに氷川のほっそりとした腰が揺れていた。

「怖い顔をしないなら妬いてもいいよ」

氷川は煽《あお》るような手つきで自分のベルトを外し、ジッパーを下ろした。けれど、それまでだ。

「…………」

清和は前のジッパーが下りた場所を凝視している。

「清和くん、見たい？」

氷川は頬をほんのり染めて、清和の目を繊細な手で塞《ふさ》いだ。

「ああ」

清和は躊躇《ためら》わずに即答する。

「もう、おいで」

氷川が甘く誘うと、清和がのっそりと動いた。どうやら、必死になって耐えていたらしい。

これからはふたりの大切な時間だ。

8

翌日、テレビのワイドショー番組で真蓮《しんれん》の卑劣な手法が放送された。番組のスポンサーには眞鍋《まなべ》組の資金提供を受けた会社名がある。清和《せいわ》の指示で昼のワイドショー番組を買ったのだろう。テレビの力は侮《あなど》れない。

明和《めいわ》病院の看護師の中には、真蓮の実力を判定しようとした強者《つわもの》がいた。見事、真蓮の大嘘《おおうそ》を見破っている。

時間が経つにつれ、真蓮の評判は急激に下がっていった。果ては真蓮のスタッフだった上品な紳士がゴシップ色の強い週刊誌に暴露した。まさしく、末期的状態だ。崩れる時は儚《はかな》くも脆《もろ》く、早い。

祐《たすく》が退院する日、とうとう真蓮が事務所を閉じた。氷川は祐を太らせたかったが、ほっそりとしたままだ。

祐が倒れてからちょうど一週間経っていた。気分的には一年ぐらい経っていたような気がする。

安孫子《あびこ》と祐は甘酸《あまず》っぱい平行線を進んでいるそうだ。度を越した安孫子の純情ぶりを、祐もどこか楽しんでいるような気がしないでもない。さしあたって、嫌ってはいないだろう。

退院する時、氷川は安孫子とともに祐を正面玄関まで送った。担当していた看護師には用事を言いつけて排除している。祐に秋波を送っていた看護師も綺麗《きれい》にまいてきた。

病院のロータリーには祐の秘書に扮《ふん》した実動部隊のシマアジがいる。すでに祐の荷物は車に積み込んだ。

「氷川先生、お世話になりました」

祐は殊勝な態度で氷川に腰を折った。

「お大事に」

氷川は主治医として祐を観察する。依然として線は細いが、血色がよくて、溌剌《はつらつ》としていた。華のある絶世の麗人だ。

「……お世話になりました」

カチンコチンに固まっている安孫子に、祐はムードたっぷりに声をかけた。周囲に純白の薔薇《ばら》を飛ばしているようだ。色気も半端ではない。

「……………………あの」

安孫子は勇気を振り絞ろうとしているのか、血走った目で祐を凝視していた。下肢が震えている。

「はい」

祐は胸の前に手を当てて、綺麗な目をうるりと潤ませた。感心するぐらい演技派だ。氷川は固唾《かたず》を呑《の》んで見守っていた。

「……………あの」

だいぶ緊張しているのか、言うべき言葉が決まらないのか、なかなか安孫子の口から言葉がでない。

「はい」

祐は凄絶《せいぜつ》なフェロモンを発散させていた。その気がない男でもその気になってしまうかもしれない。

氷川は色気たっぷりの祐に一歩引いてしまう。

「……………あの」

安孫子は相変わらずだし、祐にしてもそうだ。

「はい」

「……………あの」

「はい」

安孫子も祐も同じ目で同じ言葉しか口にしない。見ている氷川のほうが焦《じ》れったくなる展開だ。

安孫子先生、何をやっているんですか、と氷川は心の中で叱咤《しった》する。ヤクザとつきあうのはどうかと思うが、安孫子本人が幸せならばそれでいいかもしれない。しかし、相手が相手だけに可哀相かもしれない。氷川の気持ちは揺れっぱなしだ。ただ、最終的に口は挟まない。

正面玄関を行き交う患者たちが、安孫子と祐を物珍しそうに眺めていた。安孫子の立場上、止めたほうがいいかもしれない。

氷川は同じ言葉を延々繰り返している安孫子の肩を鼓舞するように叩《たた》いた。

「安孫子先生」

氷川はくどくど言わず、親愛の情を込めて安孫子の名前を呼ぶ。そろそろ決めなさい、と。

「はい」

氷川の一声で覚悟を決めたらしく、安孫子は直立不動で祐に言った。

「年賀状を出してもいいですか」

一瞬、沈黙が走る。

どこかで鳥の鳴く声がした。

なんでここで年賀状なんだ、と氷川は小一時間ぐらい安孫子を問い詰めたい気分だ。けど、口にはできない。

沈黙を破ったのは祐だった。

「はい、嬉しいです」

祐は華やかな美貌を輝かせると、安孫子の手を優しく握った。言うまでもなく、安孫子は顔どころか耳まで真っ赤になる。そのまま背中から倒れそうだ。

「……あ、お年玉つきの年賀状を出しますから」

「はい」

「どうか僕の出した年賀状のお年玉くじが当たりますように」

傍《はた》から見ていると芸人のギャグに思えるが、安孫子本人はいたって本気だ。彼なりの愛のアプローチなのだろう。

「お心遣い、ありがとうございます」

祐は安孫子の手を放すと、礼儀正しくお辞儀をした。そして、眞鍋組の車に優雅な動作で乗り込む。

祐を乗せた車が見えなくなるまで、安孫子は指一本動かさなかった。

「安孫子先生、どうして年賀状なんですか？」

氷川が呆《あき》れ顔《がお》で尋ねたが、安孫子の耳には届いていないようだ。彼は自分の手をじっと眺めている。

「……僕、手を握った」

今年度もよろしくお願いいたします

今どき、思春期の少年でも手を握ったぐらいで感動しないだろう。氷川は安孫子が眩《まぶ》しくなってくる。

「そうですね」

「当分の間、手を洗わない」

安孫子が毅然《きぜん》とした態度で宣言したが、すかさず氷川は冷たい声音で反論した。

「医者としてそれは許されません」

「やっぱりそう思いますか？」

医師としての理性は保持しているのか、安孫子は手を眺めながら、確かめるように聞き返してくる。

氷川は力強く頷いた。

「はい」

「僕、生きててよかった」

祐に手を握られたぐらいでこれだけ喜ぶのだから安上がりな男だ。安孫子の純粋さに感動を禁じえない。

だが、祐の本性を知っているだけに恐ろしくもあった。

安孫子の幸せそうな顔を見ていると、どうしたって清和を思いだす。今すぐ飛んでいって唇を重ねたくなってしまった。

氷川は愛《いと》しい男を思うだけで幸福感に酔いしれる。無意識のうちに顔が緩むので慌てて気を引き締めた。

愛しい男がこの世にいるだけで幸せだ。

あとがき

講談社X文庫様では二十二度目ざます。二十二度目のご挨拶《あいさつ》ができて嬉しいざます。腰痛を治してくれるならば、どんな胡散臭《うさんくさ》いヒーラーでも宗教団体でも信じてやる、と凄《すご》んだ樹生《きふ》かなめざます。もちろん、今でも腰痛に苦しめられています。くしゃみをしただけでも痛いざます。笑っても痛いざます。

それでも、決死の覚悟でヨーロッパへ旅立ちました。長時間のフライト、死にかけましたとも。

ヒースロー空港で買ったサンドイッチをドイツで食べました。チキンざます。評判通りの味に感動しました。ええ、まぁ、不思議ざました。アタクシでも作れるサンドイッチでどうして、と。

ちなみに、フランクフルト空港で買ったサンドイッチは美味《おい》しかったです。

ドイツのビールも美味しかったのですが、若い頃に飲んだ時のような感動が湧き起こりませんでした。なぜ？　どうして？　私の味覚が変わったのでしょうか？　やはり、これが歳《とし》なのでしょうか？

二回目のドイツでしみじみと自分を振り返ってしまいました。

本作もいろいろな意味でしみじみと振り返ってしまいました。本作はマニアというか、変というか、ギリギリというか、ちんちろりんというか、もうなんというか、そういったことを漏らしましたら、担当様にきっぱりと断言されてしまいました。いつもじゃないですか、と。

いつも変？　いつも変なの？　龍《りゅう》＆Ｄｒ.シリーズは樹生かなめの中では王道よ、と反論したのは言うまでもありません。

担当様、しみじみとありがとうございました。深く感謝します。

奈良千春《ならちはる》様、癖のある話に今回も素敵な挿絵をありがとうございました。深く感謝します。

読んでくださった方、ありがとうございました。

再会できますように。

スイスで雪に泣いた樹生かなめ

『龍の忍耐、Ｄr.の奮闘』、いかがでしたか？
樹生かなめ先生、イラストの奈良千春先生への、みなさまのお便りをお待ちしております。
樹生かなめ先生のファンレターのあて先
〒112-8001　東京都文京区音羽２－12－21　講談社　文芸Ｘ出版部「樹生かなめ先生」係
奈良千春先生のファンレターのあて先
〒112-8001　東京都文京区音羽２－12－21　講談社　文芸Ｘ出版部「奈良千春先生」係

N.D.C.913　238p　15cm

樹生かなめ（きふ・かなめ）

講談社X文庫

血液型は菱型。星座はオリオン座。
自分でもどうしてこんなに迷うのかわからない、方向音痴ざます。自分でもどうしてこんなに壊すのかわからない、機械音痴ざます。自分でもどうしてこんなに音感がないのかわからない、音痴ざます。自慢にもなりませんが、ほかにもいろいろとございます。でも、しぶとく生きています。
樹生かなめオフィシャルサイト・ROSE13
http://homepage3.nifty.com/kaname_kifu/

white heart

龍《りゅう》の忍耐《にんたい》、Dr.《ドクター》の奮闘《ふんとう》

樹生《きふ》かなめ

●

2011年2月4日　第1刷発行

定価はカバーに表示してあります。

発行者——鈴木　哲
発行所——株式会社　講談社
東京都文京区音羽2-12-21 〒112-8001
電話 編集部 03-5395-3507
販売部 03-5395-5817
業務部 03-5395-3615
本文印刷—豊国印刷株式会社
製本——株式会社千曲堂
カバー印刷—半七写真印刷工業株式会社
本文データ制作—講談社プリプレス管理部
デザイン—山口　馨

ISBN978-4-06-286669-9

ホワイトハート最新刊

龍の忍耐、Dr.の奮闘

樹生かなめ　絵／奈良千春

祐、ついに倒れる！　心労か、それとも!?　眞鍋組の若き昇り龍・橘高清和の恋人は、美貌の内科医・氷川諒一だ。見た目はたおやかな氷川だが、性格は予想不可能で眞鍋組の人間を振り回していて……。

ギデオンの恋人

石和仙衣　絵／弥南せいら

あなたに、ひと目会いたい——。聖暦二十世紀初頭のアンゲリア王国。裕福な生まれのメリッサは、初めてのサーカスで、無口な綱渡りの青年リンドウと、言葉を話すライオン・ギデオンと出会うのだが……。

鬼の風水　秋の章

月鬼－TSUKIONI－

岡野麻里安　絵／穂波ゆきね

花守神社が霧にとざされた!?　卓也と薫の名コンビで人気を博してきた「鬼の風水」シリーズの新たな一冊！　熊野から戻った卓也の実家に異変が。だが、そのことが、二人に束の間の「蜜月」をもたらす。

春の女神と銀雪の騎士

森崎朝香　絵／香坂ゆう

愛されたいと願う花嫁は、幸せになれる!?　可憐な姫、メルティーナは結婚相手のフォルストルに一目惚れ。政略結婚だけど、愛し合いたいと尽くすが、彼は「北風のごとき冷淡なる美形」と呼ばれる男だった！

ホワイトハート来月の予定（3月4日頃発売）

ジョーカーの国のアリス ～My Honey Children～・・・魚住ユキコ
あぶない検事と刑事の受難（仮）・・・・・・・・・・・・・・・・愁堂れな
宵《よい》霞《がすみ》奇談・・椹野道流
アリス イン サスペンス・・・・・・・・・・・・・・・・・・・・・・・・・・・・桃華　舞

※予定の作家、書名は変更になる場合があります。